欲采蘋花

胡文辉◎著

南方日报出版社
NANFANG DAILY PRESS
中国·广州

图书在版编目（CIP）数据

欲采蘋花 / 胡文辉著. — 广州 ：南方日报出版社，2014.11
ISBN 978-7-5491-1202-9

Ⅰ. ①欲… Ⅱ. ①胡… Ⅲ. ①随笔－作品集－中国－当代 Ⅳ. ①I267.1

中国版本图书馆 CIP 数据核字(2014)第 279158 号

欲采蘋花

著　　者：胡文辉
出版发行：南方日报出版社
地　　址：广州市广州大道中 289 号
责任编辑：刘志一
装帧设计：肖晓文
责任技编：王兰
责任校对：阮昌汉
经　　销：全国新华书店
印　　刷：广州市怡升印刷有限公司
开　　本：889mm×1194mm　1/32
印　　张：8
字　　数：180 千字
版　　次：2014 年 12 月第 1 版
印　　次：2014 年 12 月第 1 次印刷
定　　价：26.00 元

投稿热线：（020）87373998-8503　读者热线：（020）87373998-8502

网址：http://www.nanfangdaily.com.cn/press　http://www.southcn.com/ebook

发现印装质量问题，影响阅读，请与承印厂联系调换。

目　录

辑　一

辑　二

辑　三

辑一

文化的边际效用递减

前些时候，偶尔“发现”了两出有意思的电影：一是小江导演的《梦影童年》，背景是“文革”时代的中国；另一出是韩片《生死结局》，背景是威权时代的韩国。看这两部片子，多少就像是看中、韩版的《天堂电影院》。

我对《天堂电影院》是有着特别偏爱的，这种偏爱，相当程度上是因为它所表现的对电影的怀旧感。那其实并不是一个电影的流金岁月，相反，那是天主教神父手握道德剪刀的年代，是所有的“色”都要“戒”掉的年代，是所有的吻戏都要被删节的年代，但那个年代中的人们，却是何等的热爱电影啊。

坦率说，我并不真正爱看节奏迟缓的老片，我并不怀念旧时代的电影，只是怀念旧时代那种对电影的狂热而已。不论现在的电影票房如何不断刷新，但在这个电视、DVD、视频无所不在的影像年代，前电视时代那种对电影的激情，终究是渺不可寻了。

对电影如此，对书也是如此。近时读沈展云的《灰皮书，黄皮书》，深有感于那一代“思想史上的失踪者”对书的迷狂，对知识的崇拜，对诗歌和思想的无限执着。

激情源于禁忌，源于秘密。诗歌和思想最闪亮的日子，恰恰是在那个文化被禁锢的红色中世纪；正是在那种政治癫狂、文化匮乏的神权语境中，诗歌才成为唯一的文学乌托邦，思想才成为最后的知识自留地，占据着集体心灵的中心地位。而到了我们这个世纪，泛政治化已逐渐转向泛商业化，诗歌和思想不再被禁锢了——但也因此被遗忘了，诗歌已被流行歌曲取代，思想已被专业学术取代。

作为那个时代的过来人，北岛在《时间的玫瑰》里说："我常为我们这一代感到庆幸，若没有高压和匮乏，就不会有偷尝禁果的狂喜。如今我走进书店，为自己的无动于衷而恼火。"我不会像北岛那样，庆幸那个"高压和匮乏"的时代，可也不免艳羡那种"偷尝禁果的狂喜"——那个"高压和匮乏"的时代才会有的知识激情。

拥有的越多，拥有的也就不那么美好了；得到的越容易，得到的也就不那么珍贵了。文化的外在限制越趋于消失，文化的内在冲动也越趋于消减。借用经济学的定律，这可谓文化上的边际效用递减：文化生产的数量越是递增，文化生产的效用就越是递减；我们对知识和审美的消费越是变得日常化，我们对知识和审美的欲望就越是显得平淡化。

19世纪的德国经济学家戈森，边际效用理论的先驱之一，在其名著《人类交换规律与人类行为准则的发展》中已明确指出："如果我们连续不断地满足同一种享受，那么这同一种享受的量就会不断递减，直至最终达至饱和。……如果我们重复以前已满足过的享受，享受量也会发生类似的递减；在重复满足享受的过程中，不仅会发生类似的递减，而且初始感到的享受量也会变得更小，重复享受时感到其为享受的时间更短，饱和感觉则出现得更早。享受重复进行得越快，初始感到的享受量则越少，感到是享受的持续时间也就越短。”阿玛蒂亚·森的《不平等之再考察》也说到：“更多的自由必然减少愉悦，甚至可能减少满足感。”一句话，享受越来越多，满足就越来越难。对于形而下的饮食男女是如此，对于形而上的文化艺术，何曾不是如此？

过去，我们由于知识欲或审美欲的难以满足而痛苦；现在，我们则由于知识欲或审美欲的太易满足而厌倦。关于痛苦与厌倦，叔本华早有深刻的理解：“痛苦和厌倦是幸福的两大劲敌。甚至可以说，我们有幸在相当程度上摆脱了其中之一，但另一对头则无法摆脱，人生多少有些游移于这两者之间。……困境和贫穷使人痛苦，但处境太好又令人厌倦。”但他认为精神财富足以填补奢华生活的空虚，“精神愈富有，便愈能免于厌倦”，则未免不够彻底。说到底，过于丰富的精神生活，跟过于丰富的物质生活一样，也是无法避免厌倦感的。

在奥威尔、哈耶克、雷蒙·阿隆已司空见惯的时候，对“灰皮书”的热情也就不可复现了；在卡拉OK、MP3无处不在的时候，对“朦胧诗”的热情也就不可复现了；在武打片、武侠剧充斥大小荧屏的时候，对港版金庸小说的热情也就不可复现了；在色情影碟和色情网站泛滥的时候，对《龙虎豹》杂志或咸湿录像带的热情也就不可复现了。我们无法同时拥有欲望的满足和感觉的饥渴。

欲望越是容易满足，它也就越是难以满足，这是欲望的悖论。我们就像希腊神话中的西西弗斯，不断地推着巨石上山，但巨石注定要从山顶滚下，我们只能一次又一次地推着巨石上山——我们注定无法永远高踞于欲望之巅。这是人生的遗憾，但我想，人生正应该留有这样的遗憾吧。

生命中不能承受之平等

前一阵波兰诗人辛波丝卡去世，《南方周末》刊登了她一首诗，《写于旅馆》（李以亮译），前面是这样的："京都是幸运的，/幸运而且遍布宫殿，/带飞檐的屋顶，/如音阶的楼梯。/古老而有情调，/坚硬而富活力，/它是木质的，/但从天上朝地上长，/京都是一座城，/动人的美令人落泪。……一个行家，文物古迹的热爱者，/在一个关键的时刻/在一张绿色桌子后/大声地说：/等而次之的城市多的是呀！/然后在座位上/突然开始啜泣。/就这样京都获救了，/它比广岛可爱得多。……"诗中写的是梁思成的故事，二战末期，他提议美军不要轰炸京都、奈良，被日本人视为"日本文化的恩人"。

京都本来也是我向往的，但诗里那句"它比广岛可爱得多"，却刺激了我。京都能保存下来，确实应当庆幸，但广岛不可爱，炸了就无所谓吗？广岛也许是不可爱，但生活在广岛的生灵，跟生活在京都的生灵，又有什么差别呢？

而且，还有长崎呢？在日本，长崎无疑是跟中国关系最密切的城市了，生活着最多的华裔，保存着最多的中国传统——但有多少人，包括我们中国人，为长崎的炸掉而可惜呢？又有多少人关心，在长崎的原子弹爆炸中死了多少华裔呢？

前一阵，美国有个善待动物组织，代表几条虎鲸起诉“海洋世界”公园，指责公园方面监禁虎鲸，有若奴役人类，违反了宪法修正案第十三条。——挑！子非鲸，焉知鲸之苦，你又凭什么代表鲸呢？“世界上还有三分之二的受苦人”没有真正获得宪法权利，你忙着给鲸类争取什么人权呢？

更常见的，是有些波霸或非波霸，美女或非美女，明星或非明星，打出“宁可裸体不穿皮草”“我只穿自己的皮肤”之类口号，以保护动物的名义公然裸露，赚了眼球还卖乖——但毕竟也没妨碍大家什么事，也就罢了。可是，更有动物保护组织的女成员，一丝不挂，胸前插着两根导管代表母牛挤奶，大声疾呼：“牛奶是给小牛们喝的！”也就是要我们都别喝奶了。

再看我们这里，有人在京哈高速公路拦截运狗车，有更多的人围攻归真堂活熊取胆。更有一名行为艺术家，穿着印有“我替人类向动物谢罪”字样的T恤衫，向黑熊下跪。

对此，我的朋友罗韬回应：我们吃了那么多猪肉，是不是都要给猪下跪呢？

梁实秋写过去的北京烧鸭，要施以“填肥”之法：“以高粱及其他饲料揉搓成圆条状，较一般香肠热狗为粗，长约四寸许。……抓过一只鸭来，夹在两条腿间，使不得动，用手掰开鸭嘴，以粗长的一根根的食料蘸着水硬行塞入。鸭子要叫都叫不出声，只有眨巴眼的份儿。塞进口中之后，用手紧紧的往下捋鸭的脖子，硬把那一根根的东西挤送到鸭的胃里。填进几根之后，眼看着再填就要撑破肚皮，这才松手，把鸭关进一间不见天日的小棚子里。几十百只鸭关在一起，像沙丁鱼，绝无活动余地，只是尽量给予水喝。这样关了若干天，天天扯出来填，非肥不可，故名填鸭。……鸭一定要肥，肥才嫩。”如此填鸭，恐怕比活熊取胆汁还要惨吧？如果全聚德至今还是这样制造肥鸭，大伙是不是也应去全聚德抗议，去向鸭下跪呢？

前两天在饭馆点了多春鱼。多春鱼的精华，就在其“春”，也就是卵，于是太太就问：多春鱼有公的吗？于是上网查。原来，多春鱼寿命很短，一生仅生殖一次，而每年夏季，当雌鱼正等候雄鱼前来欢会之时，当其欲产卵未产卵之时，人类就伺机将它们一举捕获！剥夺了多春鱼一生一次的终极约会和欢爱，是不是很残忍呢？那些赴约而至的雄鱼，面对天海茫茫，又情何以堪呢？可是，难道我们就因此不吃多春鱼啦？

按照辛波丝卡的逻辑，鲸比一般鱼虾“可爱得多”，宠物狗比鸡鸭鹅“可爱得多”，黑熊比猪牛羊“可爱得多”。可是，那些不太可爱的**广大普通动物**，被虐被杀就无所谓了吗？

他们为幸存的京都落泪，但广岛、长崎呢？他们为被圈养的虎鲸、黑熊落泪，但那些黑屋子里的肥鸭呢？

这样的话，动物保护者的爱心，实有其无情的一面。对动物的热情背后，隐藏着一种不平等的动物观。就像奥威尔在《动物庄园》里讽刺的那样，“所有动物一律平等，但有些动物比其他动物更加平等”！

再说了，为什么大家对天桥上残废的乞丐已熟视无睹，对马路上受伤的小孩也可以视而不见（这不仅发生在佛山，也发生在英国），却对黑熊的伤口和疼痛那么出离愤怒呢？是由于人类的爱已经太多，满得溢出来了，可以让动物也分享一些呢，还是由于人类已变得不喜欢彼此，不喜欢自身，而更喜欢那些无知无识的动物呢？（补记——孟子对齐宣王说："今恩足以及禽兽，而功不至于百姓者，独何与？"正合为今人诵之。）

在好莱坞电影《拯救大兵瑞恩》里，那位母亲的四个儿子都从军报国，当三位兄长战死沙场后，军方为了让英雄母亲留下最后一个儿子瑞恩，特派一个小分队，冒险到前线救援，结果，八位士兵悉数牺牲。

还是好莱坞，《未来战士4》结尾，受伤的半人半机器人马库斯将自己的心脏给了约翰·康纳——因为他是领导人类抵抗机器人的最高领袖，是救世主，所有人的性命都不及他那么重要。

在伪港产片《十月围城》里，无数的江湖儿女，以不同的姿势给革命领袖做替死鬼，因为"中国之希望，在于孙先生；中国之未来，在于孙先生。中国也只有一个孙先生"！忍不住说一下，我对这部片子相当反感，它是以商业性的武打场面制造出一个媚俗的政治伟人神话：刺杀孙中山一事是虚构，决定中国命运的一小时会议是虚构，与十三省代表策划反清革命是虚构（辛亥革命根本不是出于孙中山一系革命党的策划），但最大的虚构还不是这些……最大的虚构不是刺孙这一故事本身，而是孙的政治和历史地位。它是将国民党得势之后神化的孙总理形象投射到了1906年，将南京的孙总理形象投射到了香港。在历史上，孙从来没有那么重要，只是在国民党层累的政治神话中，在国共扭曲历史记忆的同谋之中，他才显得那么重要。《十月围城》通过种种惨烈的死，烘托出孙中山的虚构地位，可谓港式商业算计与政治主旋律相结合的典范。

即使在今天，任何一个国家元首身边，不仍有随时挺身挡子弹的保镖，就像黑泽明《影武者》里的替身一样吗？

为什么瑞恩、约翰·康纳、孙中山，就比一般人重要，就值得别人为他卖命呢？生命之间，人与人之间，难道不应当是平等的吗？

还有，抗战时郭沫若曾作文怀念身在沦陷区的周作人，夸张地表示，“如可赎兮，人百其身”。但周作人一条命，为什么就值得我们拿一百条命去换取呢？

那么，为京都的幸存而落泪，阻止监禁虎鲸，围剿活熊取胆，为领袖挡子弹……都是错的吗？也不尽然。

我只是觉得，他们在观念上不免自相矛盾，在实践上也无法贯彻始终而已。

更喜爱京都，更珍惜黑熊，更重视领袖，毋宁说是一种自然的心理。——但因此，我们就必须承认：爱心是有限制的，有代价的，有成本的。爱心不可能平等地分配给所有事物，城市也好，动物也好，人也好，乃至一切。爱心必然是偏心。我们在理念上可以同意所有人是平等的，甚至可以同意所有生命是平等的，但在情感上终不可能平等地对待所有人、所有生命。我们偏爱那些美丽的、稀有的，或者重要的事物，面对现实的选择题，我们更愿意选择京都、黑熊、周作人、总统或国父。

爱有亲疏，有重轻，这是人之常情，是人性。就外在的社会环境来说，要承认人有差别；就内在的人性来说，要承认爱有差别。

将生命平等的价值观绝对化，将爱心无限化，即便合乎逻辑，终究也无从实践。我们珍重生命，但不等于对所有生命是一视同仁的；我们有爱，但不等于爱是一视同仁的。我们不可能将所有动物都当成宠物。这是人的困境。

现在有人提倡“动物伦理学”，在我看来，根本不存在什么动物的伦理，只存在人的伦理，只存在人对待动物的伦理；不存在什么站在动物立场的动物保护主义，只存在站在人类立场的动物保护主义。说到底，动物保护主义不过是人道主义的延伸，动物的伦理不过是人的伦理的山寨版。

先秦诸子普遍认同人的自然平等（抽象平等）观念，但各有各的取径。杨朱“为我”，只爱自己，走向彻底的个人主义；墨子“兼爱”，爱一切人，走向彻底的博爱主义；而儒家取其中道，主张“爱有差等”，推己及人。

《礼记·祭义》所谓“立爱自亲始”；《孟子》所谓“君子之于物也，爱之而弗仁；于民也，仁之而弗亲。亲亲而仁民，仁民而爱物……仁者无不爱也，急亲贤之为务”，所谓“老吾老以及人之老，幼吾幼以及人之幼”；儒者巫马子对墨子说：“我不能兼爱。我爱邹人于越人，爱鲁人于邹人，爱我乡人于鲁人，爱我家人于乡人，爱我亲于我家人，爱我身于吾亲，以为近我也。”都是差不多的意思。就是要尽量爱人，爱物，但应从身边开始，从亲近的人开始。

后来基督教的“爱人如己”（“爱邻如己”），跟墨子的“兼爱”是相通的，都强调要平等地爱所有人；而佛教则更进一步，“众生平等”，就是要平等地爱所有生命，包括一虫一蚁，甚至一草一木。——佛教徒可以说是动物保护的先驱，并且在观念上更为彻底，在实践上又未陷于极端。他们仅限于一己践行“不杀生”的戒律，而非如当代的动物保护主义者那样，企图强迫他人服从，甚至使用暴力手段。

我觉得，墨家、佛教、基督教理想高蹈，是慈悲的伟大的，但毕竟不切实际，而儒家才最近乎人情。

陶渊明写送葬的诗有云：“向来相送人，各自还其家。亲戚或余悲，他人亦已歌。”亲人的死，外人总不及我们的伤悲，不是必然的吗？据说英国大历史学家吉本也说过：“对于遥远的不幸，我们的同情心是冷淡的。”我们不可能将所有的人都当作亲近的人，不可能为所有的人哀伤，不也是必然的吗？

补记：

19世纪英国哲学家詹姆斯·斯蒂芬有《自由·平等·博爱：一位法学家对约翰·密尔的批判》一书（冯克利、杨日鹏译，广西师范大学出版社2007年版），对作为“民主信仰三教义”的自由、平等、博爱观念之弊，作出了直接而有力的批驳。他指出：“无论是立法者、道德家还是其他什么人，关心他们自己和亲戚朋友的幸福要远胜过关心别人的幸福。密尔先生好像认为，‘在他本人的幸福和其他人的幸福之间，正义要求每一个人严守中立，做一个无私而仁慈的旁观者’是不言自明的头号真理。果真如此的话，那我只能说，几乎所有人的全部生活都是一个持续不断的非正义过程，因为每一个人在其一生中都在为自己以及与自己关系密切的人提供幸福的手段，根本不去考虑其他人。……自爱（self-love）是人类之爱以更广泛形式传播的基础，是善行的终极基础……”（第208—209页）更明确表示：“博爱的性质存在着大量的自欺；在某些情况下出现的希望对全人类表示无限同情的相互感情，不值得给予人们经常要求给予它的表扬。……文明使人们一想到自己或其他人遭受痛苦和不适就觉得不痛快。它也使人们以相互同情和祝福的方式议论彼此的事务，不时还为此陷入极为兴奋的状态。但是，所有这一切并不是爱，甚至跟爱不搭界。真实情况是，人类如此庞大，如此复杂，对他们的所知如此有限，所以没有人能够真正去爱全人类。”（第218—219页）斯蒂芬的这些话，实先获我心。他的立场，不仅是反对密尔的功利主义道德学说，更是反对了密尔背后的基督教博爱观，反倒与我们儒家“爱有差等”的理念不约而同。我想，若他知道今天的西方人已将博爱的范围普及到动物界，想必不得安眠，会在地下敲棺材的！

斯蒂芬还说了这样的话：“能够要求于绝大多数人类的，不是爱，而是尊重和正义。”（第198页）照我理解，他的意思是：个人需要他人给予的，或个人可以给予他人的，并不是爱，而是公正；换句话说，我们不可能**爱人如己**，像爱护自己或亲友那样爱护他人，但应当**视人如己**，要承认所有人都是跟自己一样的人。这个意思，我以为意味深长，不可移易，也希望诸位不要轻易放过。

另，经济学家罗伯特·J.巴罗指出美国《濒危物种保护法》在施行中的矛盾现象：“一方面，该法主张应该不计成本地保护每一种濒危生物，包括不支付赔偿地占用私人的财产。另一方面，政府的支出暗含的优先次序表明，动物的讨人喜欢程度比濒危程度和独特性占有更大的分量。”（《濒危物种价值几何？》，《自由社会中的市场和选择》，格致出版社、上海三联书店、上海人民出版社2010年版）这也是动物保护不可避免的困境吧。

唐太宗的佛寺二题

法源寺（悯忠寺）

法源寺闻名久矣，可一直也没有特别在意。

李敖写过一部历史小说，就叫《北京法源寺》，以法源寺为中心写清末政治，尤其是戊戌变法。他就是凭这部小说获得诺贝尔文学奖提名。但他是文章家，写小说不甚当行，借小说人物之口说理太多，交代普通历史知识也太多，缺乏情节。我读到第六章，终于没有读下去。

直到前些时候，读清人舒位的《瓶水斋诗集》，读到一首七律《法源寺石坛（唐太宗瘗征高丽将士战骨处）》："七宝庄严万骨灵，法云香接阵云腥。埋来春草三年碧，开出莲花一朵青。横海风涛灰几劫，诸天钟梵佛同听。高台拟当燕然石，只欠班生勒作铭。"那时，才恍然有所触动——哦，那就是我们的靖国神社啊！

话说隋唐之际，朝鲜半岛及辽东一带存在着三个国家：东南方是新罗，西南方是百济，北方是高句丽，也称高丽。隋炀帝曾三征高句丽，皆铩羽而归。公元645年，唐太宗又想完成隋炀帝不能完成的勋业，遂亲征高句丽，但对方坚壁清野，打持久战，唐军因缺乏补给，兵马损失极为惨重，终亦无功而返。当唐军经过幽州（今北京）的时候，唐太宗下令立寺追荐阵亡将士，直到武则天时代最后完成，赐名“悯忠寺”，也就是“悯忠寺”。此后历代屡毁屡建，明朝曾名为“崇福寺”，至清朝雍正时复赐名“法源寺”。

“法源寺”的名字，显然是佛家意味，相当和谐；而原来“悯忠寺”的名字，则是一片阴郁之气，透露出寺庙的本来性质。“悯忠”的“忠”，当然是指那些阵亡的东征将士；可是，对于唐人是“忠”，对于高丽人就是“战犯”了！

作为中国人，我们可以不必站在日本人的立场，不必对他们抱“了解之同情”，不必承认靖国神社的存在有其理由，也不必视日本官员参拜神社是他们的内政……可是，我们也应当知道：中国也曾有自己的靖国神社，我们尽可以指责别人的现在，但别人也可以指责我们的过去。近年有韩剧丑化东征高丽的唐太宗，那也可谓事出有因的。

金庸在《飞狐外传》的后记里说过这样的话：“武侠小说中，反面人物被正面人物杀死，通常的处理方式是认为‘该死’，不再多加理会。本书中写商老太这个人物，企图表示：反面人物被杀，他的亲人却不认为他该死，仍然崇拜他，深深地爱他，至老不减，至死不变，对他的死亡永远感到悲伤，对害死他的人永远强烈憎恨。”我想，唐朝人供奉悯忠寺，日本人参拜靖国神社，那种心情也跟《飞狐外传》中的商老太差不多吧。

前两周去北京，有一天坐地铁四号线，在菜市口站下车。原想去琉璃厂那边，但一看地铁站的地图，才知道谭嗣同故居、法源寺都在附近。于是顺带一游，结果发现，谭宅只剩下门外一个牌子，里面不过几间东倒西歪的破屋；法源寺外新建了一个写着“唐悯忠寺故址”的纪念塔，寺内也甚陈旧，最里间正在装修。

匆匆一瞥，临走买了一册中国佛教图书文物馆编辑的《法源寺》，内容扎实，颇有学术价值，迥异于一般的名胜指南。里面有篇张友鸾写的《禅房花木深》，说法源寺在清代以赏花胜地著称，先后有三个赏花时代，开始是海棠最闻名，然后是牡丹，最后是丁香。周绍良写的《古刹法源寺》，则引录了龚自珍的词《减字木兰花》，其小序云：“偶检丛纸中，得花瓣一包，纸背细书辛幼安‘更能消几番风雨’一阕，乃是京师悯忠寺海棠花……”词曰：“人天无据，被侬留得香魂住。如梦如烟，枝上花开又十年。 十年千里，风痕雨点斓斑里。莫怪怜他，身世依然是落花。”

悯忠寺早已远去了，今人只知道法源寺而已。对于墨客骚人，法源寺只是丁香；对于研究佛教的人士，法源寺只是中国佛学院；对于坐惯国民党监狱的李敖，法源寺只是晚清变法史……谁知道那是悯忠寺，那是大唐的靖国神社呢?

昭仁寺

唐太宗敕令修建的佛寺，并不仅仅一座悯忠寺。

前一阵浏览成都王家葵先生（玉叩斋）的博客，提到他读豳州昭仁寺碑，想写一篇《唐太宗的冤亲平等》。心念一动，乃略检相关文献，才知道早在公元629年，唐太宗即已下诏，在唐朝建立过程中的战场各立佛寺，为阵亡者超度荐福；最重要的凡七处，其中击败薛举于浅水原，故于当地建昭仁寺，今属咸阳市长武县。

昭仁寺碑至今尚存，碑文由朱子奢撰写，书者不详，但向来被公认为唐初名刻。大抵世人关注昭仁寺碑者多，关注昭仁寺者少，关注碑刻者多，关注碑文者少；于是，昭仁寺隐藏的血腥气，就为昭仁寺碑的大唐风范所掩了。我不熟悉碑刻，若非家葵别有情怀，特意拈出昭仁寺碑的内涵，我是不会留意及此的。

据宋人王溥的《唐会要》，唐太宗当时的诏书有言："……为义士凶徒陨身戎阵者，各建寺刹，招延胜侣。法鼓所振，变炎火于青莲；清梵所闻，易苦海于甘露。"检清人王昶的《金石萃编》，卷四十二录有昭仁寺碑碑文，长达三千余字，颇难卒读，其中又有这样几句："而上忍所被，旃檀与利刃同归；大慈所覃，怨贼将义夫齐指。俱润法雨，同乘大辕；回向菩提，无上平等。"原来，佛教有所谓"冤亲平等"之说，相信一切众生，无所谓冤仇，无所谓亲爱，救度是平等的，不分人我，不分善恶。唐太宗诏书和昭仁寺碑铭即援引这种思想，既超度作为战胜者的唐军一方，也超度作为战败者的薛军一方，意谓无论我方的"义士""义夫"，或敌方的"凶徒""怨贼"，都能同脱苦海也。

——当然，建寺立碑，超度亡魂，不过是李世民的政治秀。正如王昶的按语所言："此碑与等慈寺同时所立……碑虽为义士勇夫陨身戎阵者而立，然两碑皆盛称太宗功烈，其哀恤将士之词不及十一耳。《太平寰宇记》于等慈寺称其立碑纪功，诚确语也。”这实在是一针见血之言。家葵先生后来将文章改题《唐太宗的纪功碑》，良有以也。

话说回来，我为什么一下子就留意到家葵的片言只语，为什么对“冤亲平等”特别产生兴趣呢？

这是因为，此前我翻看过《东亚诗学与文化互读：川本皓嗣古稀纪念论文集》，里头有一篇艾特的论文《13世纪“蒙古袭来”和“蒙古之碑”——关于日本生死观中的镇魂和怨亲平等》。此文介绍：日本镰仓时代中期，也就是元朝初年，忽必烈曾两度遣军大举征日，皆因遭遇台风而溃不成军；约略同时，幕府执政北条时宗礼请宁波的禅僧无学祖元赴日，并将新建成的元觉寺赠给无学。在忽必烈第二次征日的次年，即公元1282年，元觉寺开山，无学在祈祷文中说到：“从古代至去年，我军和敌军战死、溺死的众生魂无归所，在此诚心祈愿他们可以早日得到救赎，超越苦界。佛法无差别，怨亲悉平等。”这是明白地宣示，不仅超度战死的日军，也超度战死的元军，包括汉人、蒙古人和高丽人。至今仙台尚存有宣示“怨亲平等”的所谓“蒙古之碑”，据说碑文就是无学祖元的笔迹。

后来又看了高桥哲哉的《靖国问题》，书中说到：日本自中世纪之后，凡战争终结，胜者都会为两方的阵亡者举行“大施饿鬼会”，并修建敌我双方供养碑。如庆长之役（朝鲜称壬辰卫国战争，中国称万历朝鲜之役）后，岛津义弘曾在高野山的内院树立供养碑，供奉对象包括敌方的中朝两国人；在“战后五十年”揭幕的冲绳和平之础，石碑上铭刻的名字，不仅有那些死难的日本军人和平民，也包括战死的美国人、英国人。

此外，陈平原先生在评论日本梦枕貘的系列小说《阴阳师》时，也提及：东京台云寺中有座慰灵塔，是专门祭祀在“日清战争”（也就是我们说的“甲午战争”）阵亡的中日军人。

近看根据司马辽大郎小说《阪上之云》改编的日剧末集，讲“日露战争”（即“日俄战争”）时，日本在对马海战中大败俄国舰队，海军参谋秋山真之对俄方死伤的惨状深感刺激，一度想出家为僧，供养那些战死者——不仅供养日本人，也供养俄国人。

这么说，祭奠敌我亡魂，在日本确乎可算一种传统了。但艾特在《13世纪“蒙古袭来”和“蒙古之碑”》里说：“……‘不分敌我，怨亲平等’地祭奠战死者的亡灵，这是日本固有仪式，无学祖元好像还不太适应，或许是由于日本和中国文化习惯的差异所致。”这又未免颠倒源流了。在观念上，元觉寺的祈祷文不过是昭仁寺碑文的翻版。虽然，昭仁寺只是供奉同文同种的敌人，而元觉寺更供奉了非我族类的敌人，但在佛法而言，众生无别，国族无别，所以归根结底，那仍是同一种佛教平等观的产物罢了。这种观念即便不是由无学祖元传去，也是由唐朝传去，当然是不能归为“日本固有仪式”的。

但无论如何，这也表明了，日本人不仅在靖国神社供奉侵略外国的日本“战犯”，也曾在元觉寺供奉侵略日本的外国“战犯”，这是不是可以稍稍扯平一点呢?

去北京的时候，承刘梦溪先生赠送一本随笔集《书生留得一分狂》，第一篇文章提到：他访美时去过列克星敦，即美国独立战争打响第一枪的地方，“当年指挥民兵作战的约翰·帕克上尉的塑像威严地挺立在桥头。但路旁还有一处特殊的纪念地，就是一名英国士兵牺牲的地方，一个小小的水泥墓碑，插着一面小小的英国国旗。纪念反殖民主义的独立战争，也为牺牲的殖民者士兵难过……”这跟昭仁寺、元觉寺乃至冲绳和平之础的祭奠，岂非不约而同吗？

美国人对英国士兵的纪念，恐怕与“冤亲平等”的东方观念毫不相干；但这却更加证明了，众生皆有佛性，人性到底是相通的。

补记：

西晋八王之乱时，成都王司马颖联合齐王司马冏起兵对抗当权的赵王司马伦，在黄桥一役曾遭惨败，死难者众，随后在温县一带大败赵王部，乃乘胜剿灭其势力。据《晋书·成都王颖传》载，事成后，司马颖的部属卢志建议厚葬死难者，“颖乃造棺八千余枚，以成都国秩为衣服，敛祭，葬于黄桥北，树枳篱为之茔域……”特别值得注意的是下文还有一句：“又命河内温县埋藏赵伦战死士卒万四千余人。”也就是同时也葬了敌方司马伦部的战死者。西晋时佛教已相当盛行，司马颖此举，或许也是受到佛教“冤亲平等”观念的影响吧。又，南朝萧齐末年，萧衍举兵反叛，据《梁书·武帝本纪》《南史·梁本纪》载，他进入建康后，下令收葬己方死难者，并特别下令：“朱爵之捷，逆徒送死者，特许家人殡葬；若无亲属，或有贫苦，二县长尉即为埋掩。建康城内，不达天命，自取沦灭，亦同此科。”这自然也是跟司马颖类似的举措。那么，这两个将敌我亡魂同等对待的例子，当然远早于唐太宗，更不必说日本人了。

读黄遵宪《南汉修慧寺千佛塔歌》，其序引千佛塔铭文有“亡魂滞魄，咸证人天”之语，似近于昭仁寺碑文的“俱润法雨，同乘大辕”的修辞，或亦表示“冤亲平等”的意思吧？

正文所引无学祖元的祈祷文系译文，原始文本似出自其《赞地藏菩萨普说》：“此军及他军，战死与溺水，万众无归魂，唯愿速救拔，皆将超苦海，法界了无差，怨亲悉平等。”（《佛光国师语录》卷四，此据江静《赴日宋僧无学祖元研究》转引，商务印书馆2011年版，第118—119页）

另，日本陆军大将松井石根作为南京大屠杀的主犯，战后被远东国际军事法庭判处绞刑，他在判决后曾对探监者表示：“南京事件，可耻之极。在南京入城后，举行慰灵祭时，我提出也要一起祭祀死去的中国人，可是参谋长以下部属怎么也不理解，说是会影响日本军的士气。”结果其事未成（据[日]洞富雄《南京大屠杀》，上海译文出版社1987年版，第227页）。后来他与其他退伍军官在故乡热海建造了朝向南京的“兴亚观音”，以悼念日本、中国双方在战争中的死难者。松井其人的罪责是一回事，但他主张在慰灵祭中“一起祭祀死去的中国人”，后来又建造“兴亚观音”，则是继承了日本的祭奠传统。

我们并不需要说出真理

一位年轻护士第一次担任责任护士，而且做一个赫赫有名的外科专家的助手。……眼看患者的伤口即将缝合。女护士突然严肃地盯着外科专家，她说：“大夫，我们用了十二块纱布，您只取出了十一块。”“我已经都取出来了。”专家断言道，“手术已经一整天，立刻开始缝合伤口。”“不，不行！”女护士高声抗议，“我记得清清楚楚，手术中我们用了十二块纱布。”外科专家不理睬她，命令道：“听我的，准备——缝合！”女护士毫不示弱，她几乎是大声叫起来：“您是医生，您不能这样做！”直到这时，外科专家冷漠的脸上才浮起一阵欣慰的笑容。他举起左手心里握着的第十二块纱布，向所有人宣布：“她是我合格的助手！”

这是一篇文摘里的故事。文章通过这个故事强调正直品格的重要，说正直的品格可以创造奇迹。不过，那个护士最让我感染的，倒不是道德上的正直，而是认识上的诚实。她第一次做责任护士，却没有震慑于专家的权威，能坚持自己的判断，“我记得清清楚楚，手术中我们用了十二块纱布”！一个应当战战兢兢的新手，面对一个经验丰富的名家，她凭什么坚信自己的观察不误?

有个类似的著名轶事：在某次世界优秀指挥家大赛中，日本的小泽征尔在指挥时发现演奏有不和谐之处，开头以为是乐队演奏得不对，但重新演奏，还是有问题。于是他相信是乐谱有误。但在场的所有大师都说乐谱绝对正确，是他错了。小泽征尔思考再三，最后断然说："不！一定是乐谱错了！"评委们顿时起立鼓掌，祝贺他大赛夺冠。原来这是有意设计的圈套，以此检验指挥家在权威人士的压力下能否坚持自己的正确判断，另两位指挥家就是在同样的考验下附和众议而被淘汰了。

那个护士和小泽征尔最可贵的地方，是在孤立无依的情形下坚持自己所信，表达自己所见，要做到这一点，仅有正直的品格还不够。贫贱不能移，威武不能屈，面对不道德的外在权势，言其所当言，行其所当行，这是正直——正直需要的仅是道德和勇气，因为大家都明白你是对的，你并没有丧失精神支援。可是，如果所有人都认为你是错的，你在认识上已无任何依傍，你还能相信一己的所思所言吗？你还能坚持一己的所作所为吗？对抗政治的权势是困难的，但对抗集体的观念其实更为困难。不自欺，不欺人，不以众人之是非为是非，在众人迷惘的时候保持信念，在众人迷信的时候保持怀疑，又谈何容易！

当然，这很容易让我们联想到安徒生的《皇帝的新衣》。那两个骗子声称，只有聪明人才看得见那件奇妙的衣服，"谁也不愿意让人知道自己什么也看不见，因为这样就会显出自己不称职位，或是太愚蠢。"于是，人人都叹赏皇帝的新衣之美……只有那个小孩，因为只是小孩，不怕别人说他蠢，才会童言无忌："可是他什么衣服也没有穿呀！"

不过，故事毕竟只是故事，作为思想，其内涵仍不够完满。那个小孩，那个护士，还有小泽征尔，他们所说的最终都证明完全正确，这是故事的立足点。它给我们的教训是：只要是正确的，你就应当说出来。——但谁可以保证自己的思想总是绝对正确？"善未易察，理未易明"，又由谁来判断思想的对错？个人的意见也许在多数情形下都不是正确的，但万一他是正确的呢？说出我们真正相信的话，比之说出正确的话，要更为重要。因此应当确立这样的教训：只要是你觉得正确的，你就应当说出来。

我们并不需要说出真理。只能发表正确思想的自由，那还算什么自由呢？自由必然要包括胡说的自由。

“恐怖很平静地开始了……”

《开庭：改变人类进程的115件世纪大案》网罗人类史上最具影响力的经典案例，而以20世纪为重，是一部纲举目张的手册。（此书仅署托马斯·帕克主编，前言后记一概阙如，来历不明，但相信确是据外域出版物编译，因为这种选题非国人力所能及。）

书中有“阿根廷‘肮脏战争’案”条目。1976年，军方推翻原总统毕隆的专制政府，但结果取代专制的是更恐怖的专制。军政府强行解散国会，禁止所有政治活动，任何涉嫌反对新政府的人都要处死，此政策称作“国家重组进程”——此即阿根廷政府对人民进行的“肮脏战争”。书中这样描述：

> 恐怖很平静地开始了，阿根廷人很晚才发现，为数众多的人被逮捕了。安全部队绑架蓝领工人、自由职业者、学生、记者、修女、教师、心理学家、工会成员以及成千的其他人。他们对大多数的人进行折磨并处死，一些人被埋在秘密基地里，更多的人被飞机载到海洋上空扔下，并且经常是在他们还活着的时候。恐怖活动愈

演愈烈，很多阿根廷人不能公开谈论他们被士兵抓走的亲戚朋友，因为害怕自己也被抓走。从1976年到1979年，有9千至3万个男人、女人和儿童突然失踪……

“恐怖很平静地开始了……”，这似是很平常的一句话，却令我别有会心。我想，此书的编写者恐怕也未必完全意识到这句话所隐含的深意——平静，才是恐怖的真实气氛。

恐怖电影的恐怖总是夺命狂呼或尖声惊叫的，可那不过是幻想中的恐怖。历史上真正的恐怖却是杀人如草不闻声的。

我联想到曾获奥斯卡最佳外语片奖的电影《烈日灼身》（又译《毒太阳》）。苏联红军功勋上校，美丽的妻子，可爱的小女儿，一个其乐融融的美满家庭；妻子青梅竹马的男友突然来访，但宾至如归，相处甚欢……整部影片明快祥和，一曲温情脉脉的田园牧歌。直到最后，真相才轻轻揭示出来：那位不速之客是秘密警察，此来只为逮捕上校，他们想静悄悄地带走上校，而上校同样想静悄悄地跟他们走，于是逮捕者和被捕者默契合作，轻松愉快地离去。等汽车开出村外，秘密警察强行给上校戴手铐，上校极力反抗，被打得头破血流，但双方仍旧不发一声，没有怒骂，没有嘶喊。苏联20世纪30年代的血腥大清洗就这样很平静地开始了！

这种场面，中国人也绝不陌生。一位中年女士告诉我，她最恐怖的记忆是“文革”初期红卫兵抄家时：

……左邻右舍都有人被抄家挨打，回到学校也一样，因为不是红五类，我内心很压抑很恐惧，那时我们出身不红的人每天默默上学默默放学，彼此不交谈。整个成都市都一样。除了高音喇叭的口号声，没有任何人声。红卫兵抄家围着许多人，默默地看，也没有人议论，但那种恐惧每个人都能感受到。有一天我在上学途中看见河边有一具尸体，全身泡胀，一群人围着看，没有人问这是怎么回事，大家默默看了一会就散了。每天都有人被打死，但我从没有听到一点哭声，甚至被打的人也默默忍受，那是一种无可形容的恐惧。

我知道，其实这只是一个普通人的普通回忆。但唯其普通，才更证明了那种恐怖在当时是多么普通。最恐怖的是什么？是"我从没有听到一点哭声"！想想，没有反抗，没有议论，甚至连眼泪，连悲伤的表情——或者说悲伤的能力——也没有了，平静得仿佛一切都没有发生，这才是恐怖的极致！

一直要到1976年，那位大人物的去世，才又唤起民众悲伤的能力。悲伤也是力量，是无权力者的最后力量，最柔弱但也最坚韧，在天安门广场，民众终于凭借一个最接近合法的理由公然表示悲伤——他们只是沉默，仍不敢发出声音，可毕竟敢于显露悲伤的表情了。

正是那场自发的群体运动才第一次打破了极端的平静，也打破了极端的恐怖。自此，中国人开始渐渐变得表情丰富，变得众声喧哗，中国不再是一潭死水，无所不在的恐怖也一点一点地消褪了。

说胡

小时总觉得姓胡很不好，因为“胡”很容易让人联想到胡说、胡扯、胡言乱语、糊涂、狐狸和猢狲之类不大好听的词。更难为情的是，总有人在我面前提起那些姓胡的“反动派”——最臭名昭著的，当然是样板戏《沙家浜》中的伪军司令胡传魁和电影《闪闪的红星》中的地主恶霸胡汉三。另外，样板戏《智取威虎山》中的土匪头子许大马棒有个饲马副官叫胡标，杨子荣就是假冒胡标打入威虎山的。胡汉三带着“还乡团”回来反攻倒算时所说的那句名言更是一再被引用：“我胡汉三又回来了！”

现在回想起来，不免奇怪，为什么文艺作品中的坏人会姓胡？或者说，为什么胡成了坏人的姓？

我猜想这并非事出偶然，而是有些历史背景的。大陆20世纪50年代有两场以个人为批判对象的政治运动，一场是批判胡适（“胡适批判”其实进行了两次，一是1951年底的“京津高等学校教师学习改造运动”，二是1954年底由“《红楼梦》事件”所引发的正式批判），一场是批判胡风（1955年）。由于胡适在现代中国文化界的巨大影响，“战斗的火力不能不对准资产阶级唯心论的头子胡适”，胡适被当时文艺界的权威人物周扬定性为“中国马克思主义与社会主义的最早的、最坚决的、不可调和的敌人”（《我们必须战斗》，《光明日报》1954年12月10日）。胡风则是因为坚持自由化的文艺思想（尽管也是左翼的文艺思想），而与毛泽东《在延安文艺座谈会上的讲话》的文艺方针相冲突，并且“犯颜直谏”，最终被打成“反革命”。这两场“批胡”运动时间相近，所以在当时经常被相提并论，如《关于开展批判胡风思想的报告》（1955年1月20日）中说：……在批判俞平伯和胡适的同时，对胡风的文艺思想进行公开的批判。又《关于在干部和知识分子中组织宣传唯物主义思想批判资产阶级唯心主义思想的讲演工作的通知》（1955年1月26日）也说：对俞平伯《红楼梦研究》的错误思想的批判已告一段落。对胡适思想的批判已经初步展开，对胡风及其一派的文艺思想的批判亦将展开。

批判“二胡”的运动声势浩大，影响深远。一位学者总结说：“胡适批倒，紧接着胡风捉拿，全国知识阶层心态骤变，风声肃然，圈子里的人更是噤若寒蝉，谈‘胡’色变。”（胡明《胡适批判的反思》，载《二十一世纪》1991年12月第8期）我想，正是因为这个“谈‘胡’色变”，从此“胡”便成了恶姓——于是文艺作品中的大奸大恶就被有意无意地写成姓胡了！

这种将姓氏善恶化的逻辑，现在看来可能已有些不可思议，但在当年却完全是理所当然的。从20世纪50年代到80年代，尤其是在“文革”期间，中国可以说是一个泛意识形态化社会，其特征是意识形态与政治融铸为一，对社会生活进行无远弗届、无微不至的全能控制，使社会的所有领域都意识形态化（政治化）。而作为意识形态媒介的语言文字更是首当其冲，彻底地被改造为一种革命化的语文。其中就连小小的姓名，也成为一种“政治符号”，笼罩着意识形态的巨大阴影。典型的例子就是以时事为名字，如抗美、援朝、念林（纪念斯大林）、鸣放、跃进、三反、四清、超英（十五年超过英国）、文革等等；“文革”期间更是登峰造极，名字简直成了标语和口号，如永红、卫东、学东、卫彪、学青、学军等等（例子主要引自杨东平《城市季风》，东方出版社1994年版，第267页）。更具体的例子，如本地有位挺活跃的女写手（不将她称为“作家”，倒不是觉得她够不上作家的水平，而是各自为伍的意思）真名叫黄爱东，当然是“热爱毛泽东”之意，这个名字显然太直露庸俗，所以她的笔名在真名后增添了一个字，叫“黄爱东西”，这就真可说是化腐朽为神奇了，而且还一不小心便开启了以四字为笔名的时尚。

上面说的还只是起名，更极端的还会改名。不少女性原以兰、芳、娜、媛等等为名，因为太富于资产阶级情调，“文革”初期纷纷改名。还听说一个很有趣的例子：有人原叫××西，“文革”时期却一下子来个180度大转弯，改名××东！这其实也是顺理成章的，“西”代表西方反动的资本主义和罪恶的帝国主义，而“东”代表东方革命的社会主义（而且毛泽东也叫“东”），毛主席曾说：“现在世界形势不是西风压倒东风，而是东风压倒西风。”他又怎么能名叫“西”——而卖身投靠反革命的西方呢?!

这种将姓名贴上善恶标签的心理，在我们中国其实是古已有之的，只不过于今尤烈而已。宋代的丞相秦桧可以说是中国历史上最著名的“汉奸”，据说他的后代曾写过一首诗：“人云我生贵，我云不如贫。只因祖宗坏，恨我愧姓秦。”（这首诗文字浅白，不合平仄，说不定是近人伪托）还有一副很出名的对联：“人从宋后少名桧，我到坟前愧姓秦。”

因为秦桧，秦成了恶姓；同样，因为胡适和胡风，胡也成了恶姓。由此我们就很容易理解，何以胡传魁、胡汉三会与胡适、胡风五百年前是一家了。

当然，我小时自卑于胡姓的那种“姓氏情结”早已烟消云散了，别人跟我开玩笑，我自然只是一笑置之。因为姓氏只代表一种先天的血缘传承，而与后天的个人品质无关，清者自清，浊者自浊，姓秦或姓胡，固然不足贵，但又何足羞？到了共产主义社会，全世界人民是一家，那时说不定连姓氏都可以取消呢！何况，当年被视为反动派的胡适已得到越来越多也越来越高的重新评价，胡风更是早已获得平反昭雪；何况，我还发现武侠小说中姓胡的人多是英雄人物，如胡一刀（我正是以之作笔名）和胡斐父子（金庸《雪山飞狐》《飞狐外传》）、胡逸之（金庸《鹿鼎记》）、胡铁花（古龙《楚留香传奇》）等等。所以姓胡的倒是应当不以为耻，而反以为荣！

“胡”除了用作姓氏以外，在古代最普通的意义大约是指北方的异族，胡汉之分，亦犹夷夏之别。这有一个很著名的历史故事：传说秦代有个方士卢生，曾向秦始皇献上图谶云：“亡秦者胡也。”自然，谁都会将这个“胡”理解成是当时在北方侵凌汉地的匈奴。于是秦始皇派遣大将蒙恬率军三十万北击匈奴，并筑成闻名后世的万里长城（其实是将战国时北方各国原有的长城连成一线）。可是大家都知道，秦最后却无法逃避灭亡的命运，而且是二世而亡——秦亡于秦二世胡亥之手。“亡秦者胡也”的“胡”不是指匈奴，而是指胡亥！（需要说明的是，胡亥只是秦二世的名字，胡亥并不是姓胡，而是应当姓赵。《史记》的《秦本纪》记载：“秦之先为嬴姓，其后分封，以国为姓……为赵氏。”《秦始皇本纪》也说：“秦始皇帝者……名为政，姓赵氏。”）当然，“亡秦者胡也”这一预言的实现并不是真实的历史，而无疑是出于后人的伪托。但这个伪托的预言却暗示了一种深刻的史识：一个帝国的灭亡，并非由于外来的打击，而是由于内部的自我崩溃！这一史识就与现代英国著名历史学家汤因比的结论不谋而合了，汤因比在他的名著《历史研究》中说：“在过去许多文明曾经遭遇到的破坏，从来不是由于什么外部因素所造成的，而恰恰一直是一种自杀性行为的结果。”“外部敌人的最大作用只是能在一个社会自杀而没有断气的时候，给它最后一击。”（上海人民出版社1964年版，中册第223页、第36页）

后来，“胡”由指北方异族这一意义引申，又泛指来自西方的各类人种，南亚（印度）、西亚（波斯）和欧洲等地的人都可以称为“胡”。因为古代中国的文明远远领先于邻近地区，中国人自然很有文化优越感，对外来民族不免会有些“种族歧视”，所以“胡”字多多少少带些贬义。比如传说开创了中国禅宗一系的印度人达摩，就曾被后来呵佛骂祖的禅宗教众轻蔑地称作“胡子”“老胡”，甚至“老臊胡”“缺齿老胡”（参见袁宾主编《禅宗词典》，湖北人民出版社1994年版）。大约正是由于“胡”这一称呼有歧视的成分，所以后来“胡”便渐渐有了胡乱的意思，于是才会出现胡说、胡白、胡柴（胡白、胡柴也是胡说之意）、胡言乱语之类的贬义词。还有一个更有趣的例子：陈寅恪曾写过一篇《狐臭与胡臭》（载《寒柳堂集》，上海古籍出版社1980年版），认为“狐臭”本来应当写作“胡臭”——因为外国人体味较重，所以就干脆将狐臭这种毛病称为“胡臭”（“臭”在古代不是批臭味，而是指味道）！

又因为“胡”有胡乱的意思，便使作为姓氏的“胡”很容易与之发生语义纠葛，从而弄出笑话来。有一则关于胡适的笑话就很流行：胡适在一次演讲中，就某个问题向听众介绍了孔子、孟子和孙中山的有关学说，并分别在黑板上写着：孔说、孟说、孙说。最后，他提出了自己的看法，又在黑板上写上——胡说。

补记：

关于“文革”期间的起名和改名，例子当然极多，我后来见到的有以下一些：

“最高指示”将彬彬改为要武，于是姓氏上又爆发革命。一时间，名卫东、卫彪、卫红、灭资、兴无者如雨后春笋，难以数计。户籍警忙煞。以谐音改名换姓者最为便捷。赵姓者谓之“造反”，闻姓者谓之“文革”，金姓者谓之“劲松”。（龙子编《极左笑泪录》，花城出版社1993年版，第89页）

“文革”中，某单位老汤头有三个儿子，大儿子叫“汤爱国”，二儿子叫“汤爱民”，三儿子叫“汤爱党”，有某警惕性高的人到造反队报告老汤头妄想复辟，队长问有何证据，那人说：“你把他三个儿子的名字最后一个字加起来看是什么？”三个儿子的最后一个字加起来就是“国民党”，爱国民党哪还得了！铁证如山，老汤头被关进监狱，“文革”后才平反获释。（同上，第139—140页）

……警察叔叔，我叫刘爱锋——听我爸说因为生我那会儿主持中央工作的同志也不知叫什么什么“锋”，所以给我起了这么个名字，——我哥才惨呢，比我早生两年，小名儿叫“批邓”，后来经过居委会大妈们的多次帮助教育，这才改名儿叫“爱平”的……（《我爱我家》，华艺出版社1993年版，第191页）

江青一度对“样板团”成员姓名的“破旧立新”产生了浓厚兴趣。钱浩亮被抹去了“钱”字这“代表资产阶级”的姓氏改名为浩亮，殷承宗被赐名殷诚忠，以示对无产阶级司令部的忠诚，北京京剧团党委书记薛恩厚因江青要“厚今薄古”，“奉敕”改叫薛今厚……（戴嘉枋《样板戏的风风雨雨——江青样板戏及内幕》，知识出版社1995年版，第182页）

另外，我后来才注意到，钱锺书先生在《管锥篇》中已列举了大量关于“胡言”“胡说”的例子。他认为“胡言”“胡说”的本义是指胡人之语，即外国语，因为本国人不通外语，所以久而久之“胡言”“胡说”便带有不知所云、无理取闹之义（《管锥篇》第二册，中华书局1986年第2版，第540—543页、846页，《管锥篇增订》，中华书局1982年版，第70页）。

疯

再早已不记得了，反正是20世纪80年代，东山电影院或农林礼堂时常能见到一个已过中年的疯女人，手执似乎是纸糊的喇叭，在人丛中不断高呼“千万不要忘记阶级斗争”之类；在中山大学读书时也遇到过，那晚已经统一断电，大家都上床睡觉了，也是有个疯女人，在楼下大喊那些革命呀斗争呀的口号，没完没了，直到深夜。

还有就是《芙蓉镇》，那个李国香到后来也疯了，整日在镇上喊“运动啦，运动啦”。李国香在电影里是个上窜下跳的造反派，是坏人；但在现实中，谁能说那些疯女人一定就是坏人？谁说她们不是受害者？

她们在80年代成了疯子。可是，再退后十年二十年，谁还能说她们是疯子？那时所有人都跟她们一样，一样地要“将无产阶级文化大革命进行到底”……如果她们是疯子，那么，六七十年代所有人也都是疯子，整个中国就是个超级疯人院。时代发疯了，又有几个人可以不跟着时代一起发疯？

从行为上看，她们只不过继续做着当年所有人都曾做过的事情，只不过是将整个时代的疯狂保存在个人身上，如此而已。与其说她们是精神错乱，还不如说是时代错乱，她们的精神自闭在过去的政治牢笼中，而不知道那个发疯的时代早已过去。她们是一个疯癫时代的精神碎片。

还有更奇特的疯狂形式。几年前，海珠区晓港街办事处强行从陈雪芳阿婆家清出七吨垃圾，不料，她随即卷土重来，更勤奋地积累垃圾。去年十月，海珠区有关部门出动52人，再次上门清理，那位陈阿婆死命阻止环卫工人，不让他们将垃圾运走，情急之下，她死死趴在垃圾堆上……据说，陈阿婆原是北京某大学教师，“文革”中遭打击，精神才逐渐失常。

同是发疯，别人喊口号，她为什么要搜集垃圾？

杰克·伦敦有篇小说《热爱生命》，写一个人在阿拉斯加的沼泽地里饥寒交迫，与狼搏斗，九死一生爬近海岸，被捕鲸船救起。生还几天后，“他给恐惧缠住了，他老怕粮食维持不了多久”，总是贪婪地向水手们伸手要面包。船上的科学家后来发现，他的床铺“上面摆着一排排的硬面包，褥子也给硬面包塞得满满的；每一个角落里都塞满了硬面包……他是在防备可能发生的另一次饥荒……”

只有体验过极度饥饿的人，过后才会那样狂热地储备食品；也只有亲历过极度匮乏的人，过后才会那样狂热地收藏垃圾。想想，在那个一穷二白的年代，中国人的生活用品是何等稀缺，又是何等破烂啊，倒回到那时，这个丰裕年代的很多弃物就成为奢侈品了。陈阿婆对垃圾如此热爱，正是那个极度匮乏年代的另一种后遗症。

但为什么都是女人？从李国香到陈雪芳都是，为什么？朱学勤先生在《火车上的记忆》中有个总结："文革中通常是中学生比大学生'革命'，而女生又比男生'革命'。几十年后我读到卢森堡名言：'当大街上只剩下最后一个革命者，这个革命者必定是女性'，女人的虔信与偏执，验之文革，确实如此。"一场"文革"，十年噩梦，造出无数的疯女人，岂是偶然？

文革文革，但又岂仅是文革？

史学家赵俪生先生的《篱槿堂自叙》是一本很好的书，忆人记事，很多有意味的细节，价值恐怕犹在周一良先生的《毕竟是书生》之上。书中记他40年代末期在河南共产党统治区，遇到他以前一位参加过"土改"的女学生，"……从谈话中已经觉察到她已经看出'左倾'苗头的弊病了。在'土改'中和'土改'以后，干部乱打、乱判、乱杀人的事太多了……她说，'你可以看到，临汝城里的疯子很多。'这句话提醒了我，鲁山城里也至少有三个疯子，不久以后我到我妻的故乡——河北正定，也碰到好几个疯子。多半是女性，因为女性感情脆弱。……那些疯子多半是被杀者的亲属，思想不通就疯了。"

早就是那样了。

补记：

文字学家刘又辛回忆妻子时谈到："她一向俭朴持家，为自己从不多花一元钱。……只有一件，却奢侈得很，就是冰箱里常常存放着一大堆馒头。其实，我们离食堂很近，每天随时都可以买到新鲜馒头。后来我才觉悟，原来她一直想着60年代那几年的饥饿生活，成了奇怪的‘后遗症’，如果当天没有剩余的馒头，竟难以入睡，入睡前总要打开冰箱，看了那包馒头，才安心上床。”（《忆亡妻》，《治学纪事》，巴蜀书社2002年版）所谓“大跃进”留下的阴影，跟《热爱生命》中的情节竟如出一辙！

当知识分子成为小丑

黄永玉有本诗集，书名是《曾经有过那种时候》。

曾经有过那种时候……知识分子成了小丑。

1958年，甘肃千里沙漠中的夹边沟劳教农场，农业队第一大队大队长、研究新疆史出身的右派安兆俊，对高尔泰说："我们这里，名演员偷别人的馒头，大音乐家涎着脸乞求一丁点儿施舍，在外国拿了两个博士学位回来的学者，为抢着刮桶，打架不要命，这样的事，多得都不奇怪了。至于自打耳光，告小状，一年到头都不洗脸不梳头不补衣服的，那就更普遍了。这都是精神崩溃的表现。现在死掉的人越来越多，我想除了饿和累，精神意志的崩溃，也是一个原因……"（高尔泰《安兆俊》，《寻找家园》，花城出版社2004年版）在饥馑和死亡笼罩下的夹边沟，甘为小丑，已成为知识分子苟且求生的普遍方式了。

知识分子小丑化的极端个案，或以赵俪生笔下的史学家童书业最为典型吧（《一个绝顶聪明但被扭曲了的人——为童书业逝世二十周年而作》，《篱槿堂自叙》，上海古籍出版社1999年版）20世纪50年代，赵与童是山东大学历史系的同事，赵回忆，

“他平生弱点，就在一个‘怕’字。有六怕，怕失业、怕雷电、怕空袭、怕传染病、怕癌、怕运动。童的一位学生又补充了两条：怕地震、怕蒋记反攻大陆。所有这些他都怕，有时怕得要死。在此还要说明，这里的‘运动’，非指体育运动，而是指政治运动，这一项是他最怕的。”

有多怕？

某星期天中午，赵妻在家和衣而卧，童书业悄悄进来跪倒床头……原来，“童有一份‘交代材料’在党委组织部，运动过去了，他想索要回来毁掉，可是又不敢自己去要；想求我代他去要，又不敢当面提出，所以想到我的妻；可来时正值我妻午睡，所以就出了这怪相了。‘交代材料’中说了些什么呢？说的是有一个受美国情报局指挥的，隐藏在大陆很久、很深的，以研究历史、地理、绘制地图为幌子的反革命集团，其最高首脑是顾颉刚，各地分设代理人，上海代理人是杨宽，山东代理人是王仲荦，东北代理人是林志纯，底下还有一句‘我和赵俪生也是其中的成员’。这份‘交代’写了一厚本，题曰《童书业供状》……”童能臆想出这样一个历史学名流联手的反革命集团，足见其心理已因恐惧而趋变态。

又一次，大陆指称蒋介石拟反攻大陆，童忧心如焚，无法自制，遂找到当时山东大学历史系党总支教师支部书记说：“他们来了，首先要抓住我，用枪口对准我的胸口，要我带他去搜捕共产党员。你知道我是胆小的、怕死的，我不能不带他们去抓你。但我和你约好，当我到你窗口时我拼命咳嗽，你听到咳嗽声，马上躲起来就是了。”这种受迫害狂的心理和言行，更已沦为笑柄。

当然，到了“文革”，知识分子成为小丑的现象，就更为登峰造极。

俞平伯被抄家时，红卫兵开始不详其钱物所在，后见其夫人紧抱一盒，打开一看，竟是现金及存折数万元，得来全不费功夫，于是抄没而去。俞平伯却在后边追着高喊：“汝等持去，有利息乎？”（蒋寅《金陵生小言》，广西师范大学出版社2004年版，第15页）向剪径者讨利息，可谓迂不可及。

陈四益忆述，“文革”初期，其师赵景深被关进牛棚，“有一位学生看守着他。不知是那位‘看守’有事还是贪玩，总之，他想暂时离开一下，但又担心被看管的对象逃跑，于是，便用绳子将先生绑在床上，锁上门扬长而去。先生痛苦难耐，又不敢呼救，于是便哀声作牛鸣。路过的人不知发生了什么事情，敲门不应，便破门而入，这才发现牛鸣者竟是先生。问他为何这样？答曰：‘我是牛鬼蛇神。’此事非我亲见，但听说之后，心中惨然，并隐约感到，这种悲惨的滑稽，实是一种迂曲的抵抗。”（《记忆中的赵景深先生》，《臆说前辈》，人民文学出版社2003年版）不论如何，名教授无奈而作牛鸣，滑稽之中又是何等辛酸。

1968年冬，敦煌文物研究所的七名“牛鬼蛇神”进山开荒，尽管脱离了原来批判斗争的世界，但内心的政治阴影依然浓重：“夜里挤睡在同一个大铺上，心灵也并不相通。相反地，由于日夜密切接触，每个人都害怕不知不觉又被人抓住什么把柄，反而把自己包得更紧了。一个个战战兢兢规规矩矩，连睡觉也不得安心。”高尔泰右边是史苇湘，“史苇湘一睡下就打鼾，使我十分羡慕。但后来我发现，他并没睡着。假装打鼾是为了表示心理没有隐忧没有抵触情绪。也确实能造成这么个印象。我想学，发现这很难……”一次，高尔泰跟原顶头上司段文杰等三人半夜出动卸煤，“回来时听到段文杰说梦话，说‘毛主席万岁！’颇纳闷。第二天劳动时，老段变着法儿试探我们的反应，才知道他是装的。这就更难了。”（《荒山夕照》，《寻找家园》）不仅假装打鼾，更假装说“万岁”的梦话，真是滑天下之大稽，可是，在这种小丑面具的背后，又掩藏着多么深重的政治恐惧啊。

原敦煌文物研究所所长常书鸿，受批斗之后，平时在监督下劳动，“先生脊背受伤，不能站立，劳动时只能用两块老羊皮包住膝盖，两手撑地，跪着爬行。给他的任务，是喂猪。……他似乎并不在乎，很豁达。还说他晚上喂猪的时候，想到了李白的诗句：‘跪进雕菰饭，月光明素盘’……”（《常书鸿先生》，《寻找家园》）苦中寻乐，自我解嘲，也还是小丑的心理吧。

知识分子斯文扫地一至于斯，其处境可怜，其情状则可笑。

知识分子本是最死要面子的，一旦连知识分子都不在乎脸面，可以任人笑骂，成为跳梁小丑，那么，一定是知识分子受到了时代和环境无可抗拒的重压。知识分子固然不能垄断知识和理性，但如果一个时代竟以压迫、蹂躏知识分子为乐，则表明那个时代必然是反知识、反理性的，那必定是一个最蒙昧、最恐怖的时代。知识分子的可怜与可笑，实在是那个时代的可恨与可耻。

不过，另一方面，我们也不能忽略一点：对于个人的如烟往事或集体的隐秘历史，知识分子从来都是最主要的记录者和阐释者，但也因此，我们不免习惯性地强调知识分子群体自身的受难史，并以知识分子为中心来保存和构建苦难的全民记忆；我们总是不自觉地，以知识分子的受难史，取消了芸芸众生的受难史。

在曾经有过的那种时候，跟那些知识分子一样可怜可笑的普通人，又有多少？连知识分子，连成名成家的知识分子，都如此可怜可笑，更何况那些默默无闻的一介普通百姓呢？只因为他们不是知识分子，没有编写历史的权力，他们就不能将自己的可怜可笑笔之于书；只因为他们不是知识分子，头上没有名流的光环，因此也没有知识分子关怀他们的可怜可笑，为他们留下历史的铭记。于是，无数普通人的可怜可笑，就被我们集体记忆的筛子所遗漏了。

所以，我们在编纂精神受难史的时候，必须打破知识分子的视角，而回归普通人的视角。

归根结底，童书业、俞平伯、赵景深、段文杰、常书鸿……之所以可怜可笑，并非因为他们是知识分子，只因为他们是人，是普通人。那不仅是知识分子的可怜可笑，更是人的可怜可笑；那不仅是一个迫害知识分子的时代，更是一个迫害人——迫害所有人——的时代。

当知识分子成为小丑，那么，所有的人，也都成了小丑。

补记：

据说“文革”时造反派找王瑶训话，并要动手打他，王瑶绕桌而避，并哀求道：“大王饶命！”（陆灏《举人算得了什么·“大王饶命”》，《东读西写》，上海书店出版社2006年版）

名言的张冠李戴与移花接木

在20世纪80年代以前，学术界似有两大显学：一是《红楼梦》研究，一是鲁迅研究。但时移世异，风气逆转，鲁迅文章万口传，至今已觉不新鲜。近20年来，当意识形态的光环散去，鲁迅也就走下了神坛，当年汗牛充栋的鲁迅研究文献，还能存留下来不失价值的，恐怕多是那些就事论事的考证吧。

我的老师，中山大学教授李伟江先生，长期钻研鲁迅、左翼文学及现代文学史料学，在他去世七年之后，他一生的心血《鲁迅粤港时期史实考述》（岳麓书社2007年版）终于出版。这部遗著，既是他个人学术生涯的一个墓志铭，也可以视作鲁迅研究的一个墓志铭；通过阅读这部遗著，我不仅是在怀念一个踏实学人的一生，也似乎是在凭吊鲁迅研究史的往日繁华。

李先生在文集中，分别考订了鲁迅与中山大学、鲁迅与广东报刊、鲁迅在粤港讲演等专题，而我最感兴趣的，是其中《“共产党是火车头……”一段话的由来》一篇。以下仅谈谈我读此文后的感想，但取一瓢，而不及其余。

曾有不少语录、手册和文章，都称鲁迅对日本友人说过

“共产党是火车头……”这样的话，李先生在此文中澄清，这只是由于翻译不准确而导致的张冠李戴，鲁迅原话的中译应作：“国民党把有为的青年推进了陷阱。最初（他们）说，共产党是火车头，国民党是列车；由于共产党带着国民党，革命才会成功。……所以青年们都很感动，当了共产党。而现在又突然因为是共产党的缘故，把他们统统杀掉了。”这段话是针对国民党清共而言，由上下文看，“共产党是火车头……”的主语显然是国民党，鲁迅只是转引国民党方面的话语，以指责他们反复无常、欺骗青年。李先生进而寻根究底，挖掘出鲁迅这段引语的始作俑者，应是国民党元老、中山大学校长戴季陶1926年11月的演说：“中国共产党好像机关车，国民党好像货车，中国共产党加入国民党，好像人车货车套上机关车；没有机关车断不容易把中国的革命，载到世界革命队伍里去。”这是戴氏在国共合作期间，有意迎合苏俄顾问鲍罗廷而说的门面话。所谓“机关车”，也即后来通称的火车头。

我所以特别留意这篇考证，是因为类似将名言张冠李戴的现象，并不是孤立的。我以前在《敦煌学与爱国/民族主义》（《最是文人》，安徽文艺出版社2000年版）里曾指出：大凡讲到敦煌学，一般多喜欢引用陈寅恪“敦煌者，吾国学术之伤心史也”的话，其实陈氏原话见于《陈垣敦煌劫余录序》作：“或曰：敦煌者，吾国学术之伤心史也。……是说也，寅恪有以知其不然……”可见，这句话既非出于陈氏本人之口，陈氏本人对此也未必认同。又如世俗都将“人不可有傲气，但不可无傲骨”当作徐悲鸿的妙语，但徐氏早在《悲鸿自述》里明白交代，他早年在离开宜兴女子学校时，国文教授张祖芬临别赠言：“人不可无傲骨，但不可有傲气。愿受鄙言，敬与君别。”（《徐悲鸿文集》，上海画报出版社2005年版）后来廖静文的《徐悲鸿一生——我的回忆》也重复了此说，只不过将张祖芬的赠言译成白话：“我希望你记住两句话：人不可有傲气，但不能无傲骨。我没有什么东西可以送你，就送你这两句嘉言吧！”（中国青年出版社1982年版）

以上数例，是将名言的原创者误植；还有一种情况更为恶劣，是对名言故作曲解。过去批判胡适时，多指责胡氏所说的“历史是个小姑娘，可以任人打扮”一语，但我的朋友谢泳先生写过一篇《胡适没有说过这样的话》（《杂书过眼录》，中国工人出版社2004年版），指出这句话实出于偷梁换柱，原始出处应是胡氏介绍詹姆士实在论哲学的《实验主义》一文：“实在是我们自己改造过的实在。这个实在里面含有无数人造的分子。实在是一个很服从的女孩子，他百依百顺的由我们替他涂抹起来，装扮起来。”所谓“历史是小姑娘，可以任人打扮”的比喻，就是将这里“实在”偷偷改成“历史”，如此就轻巧地完成了对胡氏本义的歪曲。谢泳更举出冯友兰20世纪50年代的批胡文章为例，冯氏当时在《哲学史与政治——论胡适哲学史工作和他底反动的政治路线底关系》中对胡氏的话作了移花接木：“实用主义者的胡适，本来认为历史是可以随便摆弄的。历史像个‘千依百顺的女孩子’，是可以随便装扮涂抹的。”谢泳认为，“历史是个小姑娘”这句话的广泛流传，或许就与冯友兰此文有关。这是很有价值的辨析，跟李先生《“共产党是火车头……”一段话的由来》一文有异典同工的意味。

此外，还可以为谢泳补充一个有趣的例子。20世纪70年代末，哲学史家方立天先生在《评“四人帮”在中国哲学史方法上的实用主义》中有这样一段：“‘四人帮’信奉历史‘实在是一个很服从的女孩子，她百依百顺的由我们替她涂抹起来，装扮起来’（《胡适文存》一集卷二）……的实用主义历史观。”（《中国哲学史文集》，吉林人民出版社1979年版）作者煞有介事地引用原文，并注明出自《胡适文存》，却公然将原文中作为哲学名词的“实在”，当作虚词来使用，“历史‘实在’是一个很服从的女孩子”，这是何等无畏而无耻的栽赃啊！

同样的情形，甚至见于德高望重的季羡林先生笔下。1990年季先生在《纪念陈寅恪先生百年诞辰学术论文集》的序言中说：“寅恪先生对共产党什么态度呢？浦江清的《清华园日记》中讲到，寅恪先生有一次对他说，他赞成communism（共产主义），但反对Russian communism（俄国共产主义）。”（江西教育出版社1994年版）1999年他在中山大学纪念陈寅恪教授国际学术研讨会上作了《一个真正的中国人，一个真正的中国知识分子》的发言，再次提到：“陈先生对共产主义是什么态度？现在一些人认为他反对共产主义，实际上不是这样的。大家看一看浦江清《清华园日记》，他用英文写了几个字说陈先生赞成communism（共产主义），但反对Russian communism，即陈先生赞成共产主义，反对俄罗斯式的共产主义。浦江清写日记，当时不敢写‘共产’两个字，用了英语。说陈先生反对共产主义是不符事实的。”（《陈寅恪与二十世纪中国学术》，浙江人民出版社2000年版）

陈寅恪果真是这样说的吗？其实浦江清日记的原文是："他不反对communism（共产主义），但他不赞成Russian communism（俄国式共产主义）。"（《清华园日记　西行日记》扉页，三联书店1999年增补本）原文明明只是消极的"不反对"，到了季先生那里，居然就变为积极的"赞成"了。季先生早年受过德国实证主义的严格学术训练，也深受中国传统考据精神的熏陶，却对历史文本作出如此明显的扭曲，这是难以理解的。季先生回顾自己的学术生涯时，引用过梁启超《清代学术概论》评论清代学风的话："隐匿证据或曲解证据，皆认为不德。"（《学海泛槎——季羡林自述》，华艺出版社2005年版）但他对浦江清日记的引用，不正属于"曲解证据"吗？

由以上列举的例证可知，对名言的误植或歪曲，绝非偶然。错误并非无缘无故地发生，而往往有其思想背景和动机。将"敦煌者，吾国学术之伤心史也"归于陈寅恪名下，将"人不可有傲气，但不可无傲骨"归于徐悲鸿名下，那是因为大家都希望借名人的光环，以加重言论的分量；当我们需要证实鲁迅信仰共产主义、认同共产党的时候，"共产党是火车头"这种话也就顺理成章地出自鲁迅之口；当我们需要批判胡适的实用主义、虚无主义历史观的时候，胡适也就顺理成章地说出"历史像个小姑娘"这种奇谈怪论；当我们需要证明陈寅恪支持共产党领导的时候，陈寅恪也就顺理成章地表态"赞成共产主义"。这些误植或歪曲，或恰好切合时代精神的大气候，或恰好符合引用者个人的价值取向；换句话说，被误植被歪曲的文本，更符合引用者的需要，尤其是政治上的需要。有什么样的需要，就容易出现什么样的文本，文本“实在是一个很服从的女孩子”啊！

尤其需要反省的是，误植或歪曲不仅出于大众无知的以讹传讹，更出于学者有意的将错就错。连冯友兰、季羡林、方立天这样的名家都可以肆意地曲解前贤，又何怪乎今天的小市民们流言满天飞呢？

还是再回到李伟江先生那里。我想，李先生对鲁迅的认知和信仰，并没有能超出那个时代，他眼中的鲁迅，恐怕仍是红色光环笼罩下的鲁迅。尽管如此，他绝不抹杀证据，绝不隐没事实，即使他希望发掘出更多鲁迅转向共产主义的新史料，他仍死心眼地争辩，“共产党是火车头……”并不是鲁迅自己的话。考虑到《“共产党是火车头……”一段话的由来》一文最初的发表时间早在20世纪70年代末，仍是学术界春寒料峭的时代，就更显得难能可贵。

季羡林先生是近代以来最杰出的学者之一，他在印度、西域古语言方面的功力和成绩，无疑是中国第一人，就连他的老师陈寅恪也不能及。就学问论学问，李伟江先生本来跟季先生是无从相提并论的。可是，我觉得，当李先生力辩鲁迅没有说过“共产党是火车头”这句话的时候，最体现出实事求是的学术真诚；相反，当季先生说陈寅恪“赞成共产主义”的时候，就不复学人本色了。

神舟五号与长城神话

央视白岩松问："……有没有看到大家都在说的长城？"杨利伟答："看地球景色非常美丽，但是我没有看到我们的长城。"这不过是理所当然的回答，但居然引发了不大不小的争议。褒之者以为体现了科学精神，贬之者以为损害了民族荣誉。

从科技角度而言，在太空能否用肉眼看到长城，本来完全不应成为一个问题。这根本无需专家论证，只要有常识即可判断。长城固然是世界上最长的人工建筑，但毕竟宽不足十米——还不及我工作所在的羊城晚报社门外东风东路的宽度，如果在太空能看到长城，那地球上还有什么大型建筑看不到？能看到长城，那就更应当能看到故宫看到人民大会堂了，何以只有长城是"太空中能够看到的地球上唯一人工建筑"呢？

在太空能看到长城纯属谬说，它可能是当今中国最大的民间神话，是"爱国的自大"的极端表现。

杨利伟的回答其实毫无悬念，不必扯上科学精神，更无关于民族荣誉；因为只要是有基本科学常识者，就不可能有任何其他答案。倒是白岩松的提问更值得深究。——"有没有看到大家都在说的长城”的提问已经预设了一个伪前提，即在太空或能看到长城，而这个伪前提本来不值一提；即使白岩松本人未必完全相信这个预设，但至少他转达了“大家都在说的”这个预设。事实上，据说不少媒体向青少年征集最希望向杨利伟提的问题时，绝大多数都填写了“在太空中看到的长城美丽吗”之类，可见长城神话在大众中影响之深远。

这个用来证明中华民族伟大的长城神话由来已久。以前翻读胡适日记，曾留意到1931年3月3日有一则剪报，内容是国民党元老张继的演说，其中谈到要以三民主义复兴中国民族时说：“……如讲民族真正精神，请各同志将汉唐书籍拿来看一看，我这并不是国家主义派，我是为我们文化，而求我们民族精神的保全。从前有一位外国人向我说，外国的文明，中国都有，不过外国用科学的方法来整理。兄弟又见法国一本书上说，假如人能到月亮里边去，俯视地球上的建筑，只有万里长城，此亦可见我们民族秦始皇的文化精神。凡是崇奉舶来品，而对于本国的精神，一点也不顾及的，皆是堕落的表现。”据此可知，在太空能看到长城一说，最初不过是法国人的信口开河，是前太空时代的神话。而到了太空时代，这个神话更形成了新的版本：“美国宇航员称，他们从月球上用肉眼能看到的人类最大的建筑物是长城。在上面看到的长城像条黑色的蚯蚓。”由此又可见，在苏联人卫星上天之后，在美国人飞船登月之后，这个长城神话不仅没有消灭，反而传播得更广泛、表达得更具体了。爱国神话的力量竟是如此颠扑不破！——还有一点值得注意：长城神话最初的版本源自法国人，也就是张继自己所驳斥的舶来品；而长城神话的太空版本也假托是美国宇航员亲眼所见。何以长城神话总离不开西方人？中国的民族精神何以要以外国人的权威来证明呢？这是长城神话的自相矛盾。

其实，不论在太空能否看到长城，长城都不足以作为中国文明强盛的象征。20世纪80年代末轰动一时的电视片《河殇》曾这样评论长城："……人们为它是地球上唯一能被登月宇航员看到的人类工程而自豪。人们甚至硬要用它来象征中国的强盛。然而，假使长城会说话，它一定会老老实实地告诉华夏子孙们，它是由历史的命运所铸造的一座巨大的悲剧纪念碑。它无法代表强大、进取和荣光，它只代表着封闭、保守、无能的防御和怯弱的不出击。由于它的庞大和悠久，它还把自诩自大和自欺欺人深深地烙在了我们民族的心灵上。"《河殇》这种超出历史实际的想象性批判，一方面极力消解长城代表中国强盛的神话，另一方面却扩散了在太空能看到长城的神话。而实际上，长城既非中国强盛的遗迹，也非中国保守的象征。

众所周知，长城本来用于军事，是中原王朝借以抵抗游牧民族南下的人造屏障，是中国古代的马其诺防线。一句话，长城的功能就是防御，这其实已足以说明它的历史性质：长城的建造意味着，中原王朝面对游牧民族的军事攻击，是处于防守的被动态势，因此它不能证明中国的强盛；同时，长城的防御功能仅仅限于军事方面，而非经济、文化方面，它并非主动地画地为牢，而是被动地设险御敌，因此也不能证明中国的保守。近日读到台湾历史学家邢义田的论文《从古代天下观看秦汉长城的象征意义》，他总结说："当秦始皇以第一人称在石碑上刻下'人迹所至，无不臣者’的句子时，周诗‘率土之滨，莫非王臣’的话必然在他和群臣的脑中浮动。这是帝王的理想。奈何他又不能不承认帝国之四至，事实上有其极限。为了拒胡，他更不能不修筑长城，将长城以北划在‘皇帝之土’以外。对梦想王天下的中国君臣而言，绵延万里的长城岂不是无奈和羞辱的象征？”因此，长城代表了中国文明在对外军事力量方面的止境。

不过需要说明，在西方近代军事技术发明以前，骑马的游牧民族较之农耕民族在军事进攻上具有极大优势；落后的游牧民族周期性地入侵农耕文明，而先进的农耕文明大都只能采取守势，这是整个欧亚大陆古代史的一般大势，中国也不能例外。上下数千年，高度发达的中国文明始终苦于北方骑马民族的铁蹄，这并非由于中国不够强盛，而是由于世界史上所有农耕文明的先天不足。因此长城虽不足以证明中国强盛，但同样不足以证明中国懦弱。长城只是长城，论历史，它是技术性的军事建筑；论现代，它是世界上最巨大的文物，如此而已。

只是到了长城已没有实际功用的时代，长城才成为神话；只是到了中国不再强盛的时代，长城才成为中国强盛的符号；只是到了中国饱受外敌入侵的时代，长城才成为中国人不屈抵抗的象征。万里长城万里长，长城犹如中国历史一样悠长，它与中国传统中龙的形象有着天然的类同，因此长城与龙的形象就有意无意地被叠加在一起，成为古老中国的形象代言，成为现代中国的神圣图腾。长城的太空神话，就是这一历史背景中的扭曲产物。

神舟上天，中国人终于首次用自己的眼睛巡天遥看神州大地，也终于用自己的眼睛证明了长城神话的虚妄。长城神话自此将彻底终结。

不过，只要一厢情愿的神话思维不变，只要非理性的爱国心理不变，旧的神话即使消灭，新的神话仍会产生。——长城神话固然破灭了，但新的神舟神话是否又在形成？

我们不应让万里长城承担过多光荣的记忆，也不必让神舟飞船载负过多强盛的梦想。

作为文化症候的红学事件

一部《红楼梦》，从来是非多。刘心武央视开讲《红楼梦》，又将已近一潭死水的红学界搅成一锅粥！

在这次红学事件中，最值得惊讶，也最值得关注的，并非红学家对刘心武的批判，而是文化界对红学家的反击；事件的意义也不在红学本身，而在由此透露出来的文化症候。

文化界反击红学家的理由，是所谓捍卫刘心武的话语权。我以为，这实际上是无的放矢，不得要领。

对此事件，据说网络民意大多持“支持刘心武，人人都有研究红学的自由”的立场；朱大可、张闳、薛涌等评论家也力挺刘心武，多以“我可以不同意你的观点，但我誓死捍卫你说话的权利”的理由立论，认为他应自由表达自己的观点，红学界没有资格进行学术围剿。如张闳就说：“在这个事件中，最首要的是对刘心武的表达权的维护。至于刘的研究方法及其结论究竟如何，那是在言论权利得到保证的情况下，才能够去甄别和讨论的。否则，即使是正确的结论，也可能转化为话语霸权，进而成为谬误的辩护士。”

——所谓“我可以不同意你的观点，但我誓死捍卫你说话的权利”，当然是最冠冕堂皇的话，但它是否正确、是否有意义，要取决于具体的语境。简单地说，“誓死捍卫你说话的权利”的说辞，只有针对弱势者而言才是正确的；相反，假如是针对强势者而言，则不仅毫无意义，更会成为强势者话语霸权的藉口，使强势者更强，弱势者更弱。那样，言论自由的实践就会走向其反面，构成了美国法学家费斯所说的“言论自由的反讽”。而在红学事件中，刘心武明明一开始就占据了央视这一传媒制高点，拥有了远大于红学家群体的表达权，他何曾需要我们来捍卫他的话语权利呢？相反，真正需要维护表达权的恰恰倒是红学家群体。在网络舆论的多数声讨中，在文化界几乎一面倒的指责中，在媒体推波助澜的造势中，红学家的声音事实上被弱化，甚至被负面化了。刘心武当然有他的言论自由，但红学家更有批判他的言论自由，否则，以捍卫刘心武表达权的名义，打压红学家的表达权，那就成了学术自由的反讽了。

以胡适《红楼梦考证》为中心奠定的新红学，是民国以来新学术的典范之一，也是至今为止红学界的主流；而新红学建立的前提，是对“索隐派”的否定，对猜笨谜式的旧红学的否定。现在，刘心武，作为将黄庭坚“江湖夜雨十年灯”的名句当成自己作品的老作家，以“秦（秦可卿）学”的名义使“索隐派”借尸还魂，因此而遭致主流红学界的群起而攻，那是情理之中的。

红学家对刘心武的批判，本来是“考据”与“索隐”的学术方法之争，是捍卫学术规范的问题。但文化界对红学家的反击，就完全将争论重点转移了：他们并不关心刘心武的是非问题，而只关心红学家的态度问题。他们实际上将红学内部的问题，置换为红学外部的问题；将捍卫学术规范、反击伪学术的问题，置换为捍卫言论自由、反抗学术霸权的问题；也就是将纯学术问题，置换为知识社会学的问题。

比如朱大可就借此将批判的对象，由红学界延伸到整个学术体制："……与红学命运相仿的是各种文学研究会行业。早在上世纪80年代'新时期'，文学的畸形繁荣推动了文学研究的浪潮，不仅'四大名著'皆有自己的研究会，就连那些被官方认可的现代作家，也相继成为各大学术庙宇的神明。以鲁迅为旗帜的鲁学，以茅盾为偶像的茅学，以老舍为对象的老学，如此等等，形成强大的'研究会体制'。……这些官办'研究会'，二十多年来把持着现代文学研究的大门，见解陈旧，话语僵硬，缺乏真正的创见和活力，却全面垄断资源（科研经费和学术刊物），把文学研究变成了少数人专营的'饭碗'。"

朱大可支持刘心武的怪论，打击主流红学界的霸权，毫不令人意外；这跟他支持苏三所谓"中国文明脱胎于红海文明"的谬说，以打击正统史学界的霸权，完全是一贯的思路。他早前认为："苏三的观点可能有大量漏洞，却意味着一种顾颉刚式的'自由史学'的复兴。中国史学家正在开始重建独立的'疑古'立场。我们看到，在近代史（如茅海建的《天朝的崩溃》）和现代史（如高华的《红太阳是怎样升起的——延安整风运动的来龙去脉》）等诸多领域，史学家在大力破解由旧史官编织的谎言。正是他们逐步挤开了窥见历史真相的门缝。"可论学术方法，苏三恰恰是"疑古"的背反，是站在史料批判的对立面。将苏三跟顾颉刚、茅海建、高华那样的史学家并列，那真可谓是对顾颉刚、茅海建、高华的侮辱！

其实，朱大可对官营学术体制及其学术垄断——他自己称之为“学院官僚主义”——的揭露和攻击，是很可认同的，只可惜未免不择手段。因为对官方学术体系的反叛，并不必然就更接近历史真相，学术之是非，固然不能以“学院”之是为是，但同样不能以“民间”之非为非；打击一种体制性的霸权主义和教条主义，仍应遵守基本的学术规范，而不能援引另一种荒谬的伪学术。主流学界固有其弊，对红学和古史学大可反对，却不能以支持苏三那种“新天方夜谭”、刘心武那种“新索隐派”的方式来反对。

总之，从纯学理而言，本来红学家是循规蹈矩的一方，刘心武是旁门左道的一方；换句话说，红学家站在相对正确的一方，刘心武站在相对错误的一方。但文化界反倒对红学家群体大加挞伐，宁要错误的刘心武，也不要正确的红学家，这是为什么？这，正是红学事件中最有意味的问题；也就是说，最有意味的并非刘心武对错的问题，而是红学家为什么遭到集体声讨的问题。

要理解这一悖论，不能仅囿于红学事件本身。就事论事，孤立地就红学而论，我觉得舆论界对红学家的批判实属偏离主题，对学术规范也缺乏同情；但在另一层面上，从文化背景及社会心理着眼，则舆论界对红学家的批判，又是事出有因的。

在红学事件以前，在红学家群体遭受攻击以前，经济学群体早已遭受更大的羞辱了。郎咸平对宗奉新自由主义的改革派经济学家的责难，丁学良所谓“大陆真正意义上的经济学家最多不超过五个”的言论，激起了民间舆论的广泛认同；以至于在2005年11月份《中国青年报》公布的“你相信哪位主流经济学家”的公众调查中，信任率超过10%的仅有郎咸平、吴敬琏两人。本来，郎咸平对国企改革的全盘否定不过是一家之见，丁学良纯粹以西方学术体制为标准的经济学论衡更是偏颇之论，但为什么他们的指责如此轻而易举地赢得压倒性的支持呢？其中因由，实非经济学界可以完全任其责的。

讨伐“主流”经济学界在前，讨伐“主流”红学界在后，我以为这两个学术领域中的两个文化事件，实际上并非孤立，而是同一种文化症候的表现：这是知识分子——尤其是占据主流地位、垄断文化资本的学院知识分子——信任危机和形象危机的征兆。

在知识专业化的今天，知识分子已由兼济天下的社会良心，蜕化为独善其身的职业精英；已由眼观六路的意见领袖，蜕化为画地为牢的学术工匠。不仅如此，就连作为职业精英和学术工匠的基本操守，他们也往往难以维持。近五十年来，学院知识分子在学术专业和道德品格方面，先后受到两种性质的外部打击；前三十年，在思想改造和政治运动中，在自保求存的险境中，他们丧失了学术品格，也丧失了道德尊严；近二十余年，在市场化的压力下，在专业利益的诱引下，他们出现了又一轮学术扭曲和道德滑坡。当今之世，在学术品格方面，从王铭铭到张汝伦，学术欺诈者所在多有，一般的学术腐败更是指不胜屈；在道德或法律方面，教授嫖娼者有之，新儒学专家走私人口者有之，为企业充当利益代言人者有之；此外，陈丹青辞职清华，周光召等对院士制度的否定，更是学术体制内部出现的自我批判……凡此之类，都是学院体制之病，也是知识分子之痛，不断地矮化了主流知识分子的形象，也不断地强化了民间舆论对知识分子的敌视心理。这也正是“郎顾之争”及红学事件背后的深层社会心理。这就意味着，经济学家、红学家固然有责，但民间舆论并不是为了反经济学家而反经济学家，也不是为了反红学家而反红学家，经济学家、红学家不过作为主流知识分子的代表而示众罢了。

另一方面，网络民意也加强了对主流知识分子的敌视态度。网络的文化精神，很大程度上是对权威的颠覆，对主流的反叛，对声名的唾弃；它使局部的偏见放大，对官方学术机制和主流知识分子的敌意因此而更趋极端，以至于形成一种“网络民粹主义”的倾向。

网络舆论对郎咸平、刘心武的支持，实质上只是对“主流”学界的反动——他们未必完全赞同郎咸平、刘心武的思路，甚至可能缺乏知识能力来辨别郎咸平、刘心武的是非；他们鸣鼓而攻的激进态度，与其说他们是认同郎咸平、刘心武，不如说他们是反抗经济学界、红学界，反抗学院知识分子而已。

“辱华”问题

前些时候，麻省理工学院网站所链接的“视觉文化”专题网页，因包含甲午战争时日军屠杀中国人的版画图像，引致中国学生“发出愤怒的吼声”，迫使主事者表示道歉。

值得留意的是，这个“日本版画事件”并非孤立，类似个案近期频频见诸报端：耐克篮球鞋的广告片《恐惧斗室》，因为有美国篮球运动员击败中国武林高手、将龙的形象妖怪化等场景，导致观众不满，被国家广播电影电视总局停播；阿迪达斯限量版球鞋“黄色系列衣服”，因为长着朝天鼻、大板牙的卡通人物造型有丑化亚裔之嫌，引发全美、新加坡、香港等地华人抗议，阿迪达斯公司不得不宣布停卖这款球鞋；新西兰维多利亚大学校刊《突出》刊发一则笑话：“地球上存在五大必须提防警惕的物种，分别为猿猴、树獭、企鹅、中国人与毒蛇。”结果这边又是抗议，那边又是道歉；还有，就连《碟中谍3》也因过多展示上海残旧街景及丑化警察，可能无缘在内地同步上映。

这一连串的所谓“辱华”事件，虽不能说无中生有，至少也属小题大做。

西方人当然不免有自觉不自觉的种族歧视和文化傲慢，但反求诸己，我们的人生未免也不够彪悍，我们的心灵未免也过于敏感了。

我们必须理解，在西方那种“言论自由”的语境中，类似的“丑化”修辞其实是司空见惯的；他们所丑化的，不仅仅是中国人，也有其他国家的人，甚至自己国家的人。责人“辱华”，不免脱离了他们的文化语境，有断章取义、以己度人之嫌。电影本质上是一个超现实、反秩序的世界，其中的警察形象几乎总是笨拙不堪的，正如武侠小说、武打片里的官差也都是些虾兵蟹将；好莱坞片的美国警察、港产片的香港皇家警察不也多是酒囊饭袋吗，又岂仅上海公安才身手迟钝呢？

我们更加不要忘了，我们高调指责他人的“辱华”，实际上是责人不责己。我们对西方人的丑化还少吗？从李小龙到李连杰，又有多少中国江湖侠客将西方武林高手打得落花流水？何以美国人就可以心平气和地迷恋中国武侠，而没有指责我们“辱美”的映像暴力？只许中国人反美，不准美国人“辱华”，这是自相矛盾的双重标准。

因此，最需要深究的，不是他人“辱华”言行的政治思想背景，而是我们如此容易感到受辱的这种心态。

对于亚非后进国家知识分子的文化心理，西方社会学家希尔斯在《新兴国家政治发展中的知识分子》一文中有个观察：“……本土知识分子在和外国人交往中，总怀着悲愤和将受侮辱的感觉。即使现在独立了，他们依然对侮慢很警戒很敏感地就能察觉到。……而当本土知识分子在对照他们的文化和外族文化，他们真正觉得后者的优秀和值得肯定时，情形就变得更为难堪。一种过分武断的民族主义是寻回自尊的努力，是面临外族城市文化和力量的强盛想克服自卑感的努力。”希尔斯的话，本来是针对前殖民地国家说的，但对于有着近似历史创伤的中国人而言，“总怀着悲愤和将受侮辱的感觉”“对侮慢很警戒很敏感地就能察觉到”这类描述，又是何等贴切啊。我们对“辱华”事件的情绪化回应，不正是一种为了“寻回自尊”的“过分武断的民族主义”吗?

此外，西方学界对于后进国家的民族主义心理，有所谓“羡憎交织”（Ressentiment）的概括，海外史家余英时一再借用这一概念，以分析近代以来中国人面对西方的情绪反应。他在《中国现代的文化危机与民族认同》中指出：“中国对于西方恰好具有‘羡憎交织’的两个实际的条件：一、中国的文明足以与西方比肩，这是世界公认的事实；二、中国在19世纪与西方强弱悬殊，处于绝对不平等的地位。由于理论上的平等，中国才有资格效法西方，见贤思齐；由于实际上的不平等，中国才会对西方发生企羡的心理，并在效法无成、长期挫折之中转羡为憎，而激起强烈的反西方的情绪。”在《民主与民族主义之间》中又说：“……今天不少中国人的心中对于西方——美国是其最主要的象征——确激荡着一股难以遏阻的‘羡恨交织’的情绪。这种情绪要求一个‘强大的中国’向以美国为首的西方公开挑衅。如果西方无可奈何，那便更证明今天中国人真的‘站起来了’。”这种“羡憎交织”的情结，跟希尔斯所谓“寻回自尊”的心态相互关联，都有助于说明中国人的民族情绪特征，那就是：既羡慕，又憎恶；

既自卑，又自尊。——因为对西方的羡慕，才有文化的过分自卑；因为对西方的憎恶，才有文化上的过分自尊。正是出于内心深处的民族自卑，才会在表面性格上过分自尊，才会对于西方文化的歧视和傲慢异常敏感，才会这么容易感受到屈辱和挫折。这实际上是一种文化上的弱者心态。

在理性上，我们艳羡美国人自我批评的自由；可在情感上，我们却不愿承受美国人批评中国的自由。在我们看来，美国人自我丑化，那是玩笑；但美国人丑化的若是中国人，那就成了侮辱。

我们还没有通过西方自由主义必修课的补考，就已经熟练地挥舞西方左派那根“政治正确”的大棒了。

龙·猫

中国人自己视长城为伟大奇迹，而外国人却可能觉得，那只是大而无当的历史纪念碑而已；同样的，在我们看来，作为中华民族图腾的龙，其形象绝对是正面性的，但外国人却未必如此。在西方宗教史和神话史上，龙（dragon）是作为妖怪出现的，因此在西方人眼中，中国的龙既有dragon的邪恶外形，更带有非我族类的东方色彩，自然就容易成为一种危险的文化象征了。

19世纪末，德皇威廉二世宣扬“黄祸”论，并命其宫廷画家赫尔曼·奈克法斯画了一幅著名的《黄祸》图：画中七位天使代表欧洲七国，头顶闪现着十字架，而远方的乌云中，依稀可见佛陀骑龙的造型——龙，遂构成“黄祸”的标志之一。义和团事件后，纽约《世界》杂志曾发表一幅漫画，以一只张牙舞爪的龙，暗示着中国对世界的威胁，与威廉二世的“黄祸”想象正相呼应。20世纪60年代，瑞士记者劳伦茨·斯塔奇进入中国采访后写出《大墙之内的国土》，在前言中说：“中国的象征龙，具有某种深远的含义；这种未知的怪物，一旦突然面对面地出现在我们面前，一定会令我们惊恐万分；它是那么怪诞，那么不可理喻，那么狂暴无常。龙，你究竟是一种什么怪兽？”（以上参见周宁“中国形象：西方的学说与传说”系列之《龙的幻象》）哈罗德·伊萨克斯（伊罗生）的《美国的中国形象》也将中共政权比喻为“苏醒的龙”，“它瞪着红红的眼睛，盘升着，喷着火，完全改变了人们以前观看它时的光和影的构成。现在它身上没有了典雅和精妙，而代之以粗鲁和残暴。”这很可见西方人对龙的负面印象。到如今，像约翰·拜伦、罗伯特·帕克的传记《龙爪——毛泽东背后的邪恶天才康生》，以“龙爪”比拟康生；韩福瑞、赫思礼、西蒙·贺伯顿的幻想小说《2001年龙击：世纪之战》，以“龙战”指称中国的对外战争；美国《商业周刊》以喷火的恶龙形容中国网民；在好莱坞的《木乃伊Ⅲ》里，李连杰饰演的古代暴君也叫“龙帝”……那不都仍残留着龙的邪恶意味吗？

所以，在外人眼中，龙亦正亦邪，是有威胁性的异类；中国在世界上展示的最亲善形象，不是剽悍的龙，而是憨厚的熊猫。

唐德刚回忆：“笔者于四〇年代之末，抵美留学时，曾在纽约市动物园看过一些来自中国的珍禽异兽，真不胜感叹。其一便是‘熊猫’。……它灰溜溜的，看来像是一头花猪，横卧墙角，亦引不起访客的重视；哪像三十年后，专机来美那一对娇娇滴滴的毛主席儿女，在华盛顿那样风光！愚夫妇好奇，亦曾驰车去华府恭谒。骄阳之下，排队半哩。乍睹芳颜，真疼爱无比。它二位香巢之华丽固无待言矣。而贵伉俪一举手一投足，槛外同谒者，无不鼓掌欢笑，声震树木。”（《晚清七十年》第二部《“四不像”的洪杨割据》）在中美结盟对抗苏俄的20世纪70年代，熊猫可谓双方政治蜜月的定情信物。在中国人而言，熊猫跟乒乓球一样，也是中国的外交道具；而美国人则在熊猫身上，看到了一种温柔的政治幻象，看到了他们希望看到的中国。也就是从那时开始，美国对熊猫迷恋得不能自拔，可以说，熊猫是美国人最喜爱的中国符号。到了2008年大热的动画片《功夫熊猫》，将“功夫”和“熊猫”这两大中国元素结合于一体，更是熊猫形象的登峰造极；尽管影片对中国文化的理解和演绎甚为皮相，但至少，那只除暴安良的胖熊猫毕竟是可乐可爱的，代表了美国人对中国认知的友善方面。

那么，为什么既有龙，又有熊猫？是龙，还是熊猫，更能代表西方的中国形象？

对于中国，在18世纪以前，西方人看到的是强盛富饶的开明帝国；18世纪以后，此消彼长，相看而厌，他们看到的则是专制腐败的停滞帝国。这两种历史印象的叠加在一起，就形成了二元性的中国观：一方面是乌托邦化的“美丽新世界”，一方面是妖魔化的“邪恶帝国”。西方的中国形象，时常就在这正与邪、美与丑的两极之间摇摆。而美国人尤其如此。伊萨克斯在《美国的中国形象》中指出：“在漫长的与中国的接触过程中，这两种形象时起时落，时而占据、时而退出我们心目中的中心位置。任何一种形象都从未完全取代过另一种形象。它们总是共存于我们的心目中……我们对中国人的感情在同情和厌弃、在父母般的仁慈和父母般的恼怒、在喜爱和敌意、在热爱和近乎憎恶的敌视中游离。”费利克斯·格林60年代的《无知的帷幕》也说：“许多年前，任何不利于中国的说法，都不能被接受，只要谈中国，就必须以对中国表示友好为前提。今天，我们又必须只说中国的坏话。似乎中国的一切都是邪恶的。从我们与中国最初交往的时代起，美国对中国就有一种特殊的情结，不是无以复加的敬仰，就是彻头彻尾的疑虑，我们在两种极端间摇摆……”（据周宁《天朝遥远——西方的中国形象研究》第三编第四章）

据此，或许可以说，龙和熊猫都是中国形象最流行的标志物，在它们身上，分别投射了西方人——特别是美国人——两种对立的中国观：龙代表中国强硬的、威胁的、阴暗的一面，而熊猫则代表中国温和的、友好的、乐观的一面。这就正如50年代以前，在好莱坞风行一时的中国角色中，既有狡猾的恶人傅满洲，也有机智的侦探陈查礼，那不也代表了山姆大叔眼里中国人形象的两极吗？

补记：

张五常指：“我曾经在北美生活过二十五年，知道那里的教育没有说中国的龙是霸气十足的。正相反，在无数的卡通电影或手绘漫画中，中国的龙是可怜虫：有时摇尾乞怜，有时像小丑，有时被小老鼠追得叫救命，有时是只腹大头小的蠢东西，在肚子上用正楷大写CHINA，被红须绿眼的小个子侮辱得欲哭无泪——有时被戏弄得泪如雨下也。永远是那副可怜相，但西方的孩子们还是喜欢它，因为它没有吃过任何人。”（《龙的故事》，《新卖桔者言》，中信出版社2010年版）可见在晚近美国通俗文化中，龙的形象仍是负面的，但已丧失了威胁性。

苏联的新衣

在红潮风暴席卷下的20世纪二三十年代，知识分子左倾化是世界性现象。以欧洲为中心，向西至美洲，向东至中国、日本，各国知识分子咸以进步为号召，以革命为旗帜，以批判帝国主义和资本主义为神圣事业。而苏联作为现世乌托邦的唯一实验场，自是西方左翼知识分子的圣地，东游朝圣者多如过江之鲫，本杰明、茨威格、萧伯纳、罗曼·罗兰……都去过。20年代末苏联因集体化运动产生大饥荒，饿死数百万农民，可萧伯纳回来竟宣布："俄国在闹饥荒？胡说。我在哪里也没有吃得像在莫斯科那么好。"（肖斯塔科维奇《见证》，花城出版社1998年版，第261页）茨威格在《昨日的世界》里记述了苏联之行，有所疑虑，但欲言又止；本杰明写过日记，但暧昧地回避了政治，且根本不准备出版（中译本《莫斯科日记·柏林纪事》，东方出版社2001年版）；罗曼·罗兰当时在公开发表的文章中对苏联唱尽赞歌，在日记里记录了一些阴暗面，却要封存50年才许发表（中译本《莫斯科日记》，上海人民出版社1995年版）。然后，纪德也去了。

纪德，法国人，双性恋者，1947年获诺贝尔文学奖；20年代后期皈依共产主义，在莫斯科方面力邀下，1936年访苏。

临行前，他的老友，从苏联流亡出来的维多·绥奇在信中恳求纪德："我愿你决不要闭起你的眼睛，你应该看到那些新元帅的后面，看到那机巧的宣传……请你同意我吧：人们对于革命的服务，并不在于掩盖它的毛病，或蒙住它的真面目来骗人的呀！……让我告诉你吧，谁要是想为工人阶级与苏联服务，那他就非睁开眼睛不可。让我以那些人的名义要求你鼓起勇气，要求你具有那明视真实的勇气！"纪德没有辜负友人所望，他始终不失"明视真实的勇气"，虽在苏联好吃好住，却没有吃了别人的嘴软，回来即写出轰动一时的《从苏联归来》，痛揭铁幕内的黑暗："我怀疑，现在任何国家——即使是在希特勒的德国——精神也没有这样不自由，没有这样被屈服，没有这样恐怖（被吓坏了），这样奴化。"（此书至少有戴望舒、郑超麟及朱静三种中译，此据戴译）

为什么以欧洲良心自居的人道主义者们不愿说出真相？在认识层面，他们由于观念遮蔽了事实，由于道德理想取消了理性判断，一厢情愿地相信苏联是人类未来的文明样板，遂一叶蔽目，不见泰山，不惜"以辩证的名义去为无法辩护的东西进行辩护"（这是雷蒙·阿隆批评萨特语，《雷蒙·阿隆回忆录》译作"为了辩证法的需要去为不合理的事物进行辩护"，见三联书店1992年版，第912页）；在品格层面，他们害怕真相证明其错误，这将打破他们自己造成的政治神话，破坏他们已经参与其中的一切，他们恐惧被党遗弃，被左翼群体放逐，被所谓进步的事业扫地出门……往好处说，是因为他们缺乏头脑；往坏处说，是因为他们没有良心。

在那么多罗曼·罗兰们歌颂苏联的大合唱中，纪德之所以能一士愕愕，是因为他始终能将真实置于抽象的理想和信仰之上，置于党派意识形态之上，置于个人荣誉之上。他在《从苏联归来》自序中说："……凡要始终一贯坚持自己的意见，往往会发生不诚实的危险；……倘若当初是我弄错了，那么最好的事情便是赶快承认我的错误；因为在这里，我对于那些受这错误所牵引的人，是负有责任的。在这事情里头，顾不到所谓'自我尊严'，而且我本也很少所谓'自我尊严'。在我的眼睛看来，这里头有些事情比我自身还更重要，甚至比苏联还更重要：这就是人类，它的命运，它的文化。"苏联之上，还有人类在；共产主义之上，还有人道主义在。纪德在《从苏联归来》的续书中更谓："没有一个政党能够束缚我，能够阻止我去爱真理，去爱真理过于爱党。一到说谎话的时候，我就不惬意了；我的责任就在揭穿谎话。我所依附的乃是真理，党若离开真理，则我立刻离开党。"（此据郑译）即使在他访苏之前，在最信仰共产主义的时候，他也充满怀疑精神："使我害怕的是，这种共产主义宗教，也是按照一种教条、公认的教义、条文和放弃批评来行事的……我之所以仍然和他们在一起，这是因为，我的心灵、我的理智本身建议我这么做，绝非因为'它被写在……'不论提及的文章是马克思的，还是列宁的，只有当我的心灵和理智赞同的时候，我才能服从它。"（皮埃尔·勒巴普《纪德传》，东方出版中心2001年版，第378页）——"只有当我的心灵和理智赞同的时候，我才能服从它”，说得何等清醒明晰！正因为有这层自由思想和理性精神的底色，以后他才能如此决然地戳破那重苏联的皇帝新衣啊。

革命就是苏联的新衣，在这件乌有的新衣里的，是赤裸裸的暴政。

所可叹息者，是苏联的新衣即使戳破了，但依旧有自欺欺人的知识分子一再编织出苏联式的新衣：萨特之于中国和古巴，乔姆斯基之于红色高棉，福柯之于霍梅尼的伊朗……其中尤以法国知识分子更甚。幸好，有纪德，还有阿隆，还有加缪，他们尽管孤立，依旧自信，捍卫了法国知识界的荣誉。

从监视到偷窥

“真人骚”电视节目近时席卷了西方。美国的《幸存者》，英国、西班牙、荷兰的《老大哥》，德国的《集装箱》……现在，一贯自居高雅的法国也开播《阁楼故事》了。舆论哀叹：“法国人到底也不能免俗，也像其他国家的观众那样充满不必要的好奇心，为什么会对这样的‘垃圾节目’产生比时装、美酒和香水更澎湃的热情？”所谓“真人骚”，基本模式是设立一个封闭环境，选择若干普通青年男女生活其中，通过隐蔽摄影机群现场直播他们的所有行为，甚至包括洗澡、如厕及做爱。法报评论道：“《阁楼故事》把每个观众都变成了下流的窥阴癖者。”

“真人骚”节目似已将好莱坞电影《楚门的世界》（又译《特鲁曼节目》）变作现实了。但这有一个并非不重要的区别：楚门生来就已成为整个社会的节目和故事，他的家，女友，工作，居住的小镇，仅仅是节目的布景……而他从不知道自己竟是生活在一个电视节目中。相反，“真人骚”设定有限的时段，参与者只为赢得奖金而假戏真做，是对私生活的仿真，实质上仍属表演。

他们仅是表演自己的私生活罢了，虽属哗众取宠，似亦无伤大雅。

况且，并非“真人骚”节目才把大众变成偷窥者的，大众从来都是偷窥者！法人杜鲁瓦《虚伪者的狂欢节》一书指出：“技术进步使摧毁私生活走得更远。读者不再仅仅是一个消极的窥视者，只知道挑剔杂志来从他人的私生活里取乐。读者已经是积极的窥视者……”我们不是一直就在通过天花乱坠的传媒窥视明星和名流的“真人骚”吗？狗仔队无非是大众的自动追踪器和活动录影机而已。

值得特别深究的，倒是英国、西班牙、荷兰“真人骚”节目之名——“老大哥”，典出乔治·奥威尔的名作，政治幻想小说《1984》。小说主角温斯顿所在的大洋国是全监控的世界，所有场所，所有房间，无论公私，都安置着兼具播放和接收功能的“电幕”，“你发出的每一个声音，都是有人听到的，你作的每一个动作，除非在黑暗中，都是有人仔细观察的。”在所有“电幕”背后，是无数的“思想警察”；在所有“思想警察”背后，是最高领袖“老大哥”。“老大哥”监视着所有人，所有人的所有行为和言论。

《1984》的“电幕”自是虚构，但“老大哥”式的社会却绝对真实。只不过现实版的“老大哥”并非以“电幕”监视人，而是直接以人监视人，这又可分作两类：一是通过秘密警察（据说前东德五分之一人口都曾是广义的秘密警察），一是通过群众本身（所谓“群众的眼睛是雪亮的”）。我们对后者相对更为熟悉，高行健《一个人的圣经》是这样描述的：“他身前身后这时都有人领头呼喊，他也得出声高呼，让周围的人都听见，不只是示意举一下拳头。他知道这会场上无论是谁，任何与别人不同的举动都受到注意，连脊背上都感到注视的锋芒，在出汗。他第一次觉得他大概很可能就是敌人，很可能灭亡。”个人必须尽可能表现自己的革命，因为不革命就是反革命，于是人人革命而又人人自危，所有人都笼罩在相互监视的政治恐惧之中。

同是一种对个人权利和私隐的侵犯，但在不同社会中表现为不同情状：在泛政治化时代，是监视，是通过职业或非职业的秘密警察侦查“反动”言行，结果是行政压迫乃至肉体消灭；而在商业化时代，只是偷窥，是通过职业狗仔队挖掘绯闻与丑闻，结果无非是为大众制造倾城话题。

从监视时代到偷窥时代，意味着以低俗的娱乐取代了恐惧的政治。我们尽可以蔑视娱乐的低俗，可是也别忘了，娱乐匮乏的时代总是政治泛滥的时代，消灭低俗的时代总是充满恐惧的时代，只有高尚的趣味和清洁的精神可以存在，则自由也无处可藏了。

我们时代的罗马

在我们这时代，还有哪个国家可以称为罗马？

日人鹤见祐辅所著《思想·山水·人物》（鲁迅选译，北京十月文艺出版社2005年重刊），是一部有阅历、有思辨的随笔集，涉及历史与政治颇多，其中《断想·古今千年》提出一个有意味的见解："凡以大陆军兴国的人民，说也奇怪，一定堕于专制政治，而国民各自的才能至于萎缩。借海兴国的人民却反是，在内治，是施行宽大的自由政治，常常培养着文化的渊源的。"大陆型的专制国家，前有罗马帝国，后有拿破仑的法兰西帝国；而海洋型的自由国家，前有古希腊，后有大英帝国。接下来，他就以美国比拟罗马，以日本比拟希腊、英国："罗马帝国在初期时，气象实在庄严。这就因为罗马人以自由农民的举国皆兵之国而兴的缘故。这一点，美国的建国当初，是很相像的。美国也是自由农民所尝试的平民政治。然而罗马却随着版图的扩大，逐渐富足起来，及至化为第二期的冒险底富豪的跃进时代，而后年已见军人专制之端。及苏耳拉和玛留斯出，则坠入第三期的职业军人的武断政治，自由的内政，一转而化为专制政治了。这时代，在罗马史上，已没有真的伟大的人物出现。美国现在，是正在进向冒险底富豪的跃进时代里去。但和罗马的古代不同，国民的教育普及着，所以未必会有职业底军人全盛的时代罢。然而美国究竟能否也如英国一样，成为有内容的伟大的国民呢，我却还怀着不少的疑惑。在美国，是含有许多可以堕落的素因的。……现在，说也奇怪，日本是正有着和古希腊及英国相似的地理底，人种底以及传统底境遇。天时也将如地中海时代之福希腊，大西洋时代之福英国一般，于太平洋时代福日本么？”（第8—9页）

鹤见写下这些话，是在20世纪20年代初，正是日、美两强争霸太平洋之际。他以为，美国作为大陆国，可能趋向罗马式的专制国家；而日本作为岛国，则可能趋向希腊、英格兰式的自由国家。鹤见的日本人身份，显然干扰了其历史判断，竟使得他一厢情愿地颠倒黑白了。因为众所周知，日、美之间，恰恰是日本堕入了军国主义的万劫不复之境，而美国则始终未曾逾越自由政治的底线。

不过，鹤见的历史联想，也未可一笔抹杀。尤其在华盛顿雄霸天下、美国兵横行世界的今天，重温以美国与罗马相比较的先见，就显得意味深长了。

在鹤见的时代，美利坚的霸权性格还仅是偶露峥嵘；而在我们的时代，一个罗马式的世界帝国已然重现于世。

于是，中外人士，认同者或批判者，参与者或旁观者，都在戴着古罗马的眼镜观察着这个“人类历史上继罗马帝国以来最强大的国家”，“仁慈霸主”“好帝国”“不得不帝国主义”“后现代帝国主义”“自由帝国主义”或“民主帝国主义”之类的政治修辞洋洋盈乎耳（参沈丁立《评“新帝国论”及其缺失》，《我与美国研究——复旦大学美国研究中心成立二十周年纪念文集》，复旦大学出版社2005年版）。

这里面，有来自美国的自我揭露者。查默斯·约翰逊在《帝国的悲哀：黩武主义、保密与共和国的终结》里对美国反戈一击：“跟今天的美国很相似，罗马共和国慢慢地通过军事政府获得了一个帝国。……正如加拿大作家曼纽尔·迈尔斯所说：‘没有任何历史定律禁止共和国拥有一个帝国。然而，存在着一种帝国般的共和国以专制告终的趋势，尤其是当它们达到某个成长阶段之后。即使现在这一过程也在美国进行之中——总统就像是最初的几个罗马皇帝，决定何时在何地发动战争，他的参议院成了橡皮图章，为他的帝国冒险而勒索资金，就像恺撒和屋大维时的元老院一样。’罗马元老院，就像美国国会一样，运作良好并持续了两个世纪。但到公元前一世纪，帝国的规模以及维持帝国所需的军队压倒了罗马元老院和执政官的能力。……此时，罗马统治了除中国以外所有已知的世界，但在此过程中，罗马民主为独裁所取代，最终罗马人为他们所制造的敌人的世界所压倒。最后罗马军队假托为‘元老院和罗马人民’的代言人，在饰有拉丁文首字母SPQR的旗帜下行进。但元老院起作用的日子早已成为过去，帝国成为了目的本身。”（任晓、张耀、薛晨译，上海人民出版社2005年版，第16—17页）哈耶克当年站在右翼的立场，将计划经济视作通往奴役之路；如今查默斯则站在左翼立场，将对外战争视作通往帝国之路。

但也有生于域外的隐秘同情者。中国的年轻学人林国荣在

《罗马史随想》里诗意地描述：“罗马没有消失，相反，它正像哈灵顿在他的《大洋国》中所总结的那样，罗马这艘来自古代的航船，在威尼斯短暂靠岸，卸下一些货物，而后继续向西航行。卸的究竟是什么货物，欧洲人提供的答案是：文艺复兴、启蒙运动和法国大革命。……罗马这艘航船并没有消失，它在继续向西航行，目的地就是传说中位于大西洋深处的那个神话般的庞大帝国。可能是为了避免招惹世人瞩目，这艘船在中途把番号改成了‘五月花号’。”（上海三联书店2005年版，第144—145页）从地中海驶向大西洋，从罗马驶向美利坚，这就构成了古今帝国历史的轮回。“美国走到今天，在一个决定性的方面，越来越向古罗马靠近，这就是主动在国外从事战争。”（第69页）不过，林国荣并未因此就狠批新罗马的军事强权，相反却暧昧地说：“……塔西陀用了最简短的一句话刻画了帝国时代罗马的全部图景：‘在我们这个时代，国内外无战事，一切归于平静，伟大心灵也消失了。’有塔西陀撑腰，我们不妨这么总结罗马共和：虽然罗马奉爱神丘比特为主神，但这更加掩盖了罗马共和一个最深的奥秘：战神玛尔斯才是罗马共和的最伟大塑造者。一个不敢主动迎接战争的政体是个流氓政体；一个不能应付战争或者外部危机、只知道强调和平的政体是个不负责任的政体，这样的政体根本没必要存在，也必然不会存在下去。”（第137页）这是为罗马的好战辩护，但不等于是为美国的好战辩护吗？美国不正是一个像罗马那样“主动迎接战争”的共和国吗？林国荣大段引用了雅典政治家梭伦的晚年演讲：“……在所有这些文明不间断的兴起衰落中，我发现一个不变的法则：一个文明之所以能够成长壮大，是因为在这个文明内部孕育着强烈的帝国理想和征服欲望；而这些理想和欲望一旦消失，则整个文明必将干枯、死亡。要么征服，要么被征服，这是所有文明的生存法则。……对于被征服者来说，遭受奴役是一个痛苦的经历，但是好人不应当反抗一个合格的征服者；对于征服者来说，建立并维系一个帝国，这个经历将更加痛苦。”（第58—59页）按梭伦的思路，我们也可以说，美国文明之所以依旧强大，正因为它仍未丧失“帝国理想和征服欲望”；而一旦它丧失了这种“帝国理想和征服欲望”，那么，美利坚共和国的诸神就将迎来历史的黄昏了。跟古罗马一样，新罗马无疑也属于世界史上“合格的征服者”，我们应当反对它吗？

当然，关于罗马重临这一课题，最值得重视的当数德国人彼得·本德尔的专著《美国——新的罗马》（夏静译，中央编译出版社2005年版）。此书见解明晰，文字平易，以政论家而非学院派的眼光，广泛比较了新、旧罗马风云激荡的扩张史，并且未像许多欧洲知识分子那样，陷入对新兴帝国肤浅的道德攻讦。“早在18世纪末，古代的罗马共和国就被新共和国美国的创始人视为榜样。两个共和国都产生于解放战争，摆脱君主强权都是它们内部秩序的第一需要。同美国人反对英王的殖民统治一样，罗马人也反对埃特鲁斯坎国王的统治。”（第9页）这是论历史的起源。“罗马人用200年的时间征服意大利；美国人用100年的时间统一北美大陆（不包括加拿大）。占领本岛的那个时代令他们刻骨铭心。他们的性格和突出品质，以及他们特有的能力和弱点、恐惧和希望、理想和准则，都是形成于那个时代。……那是一个

‘传统习俗’盛行的时代，先辈们纪律严明、生活简朴，无论是在罗马还是在美国，他们都是榜样，是规劝‘颓废的’后代的榜样。”（第20页）这就与鹤见祐辅以为罗马和美国建国时代“气象实在庄严”的历史印象遥相呼应了。“罗马人和美国人进行的每一次战斗，都向世界政治迈近了一步。在第一次布匿战争和第一次世界大战中，他们都是违背意愿地卷入其中，在第二次的战争中，他们是有意识地参与，并承担后来的各次战斗，他们不再像以前那样犹豫不决。在战胜汉尼拔一年后，罗马元老院迫切地向菲力浦宣战。在第二次世界大战结束两年后，杜鲁门准备与莫斯科决战……”（第177页）这是论霸权的扩张。只有在克服了迦太基的挑战之后，罗马才真正成为地中海世界的王者；只有在克服日本的挑战之后，美国才真正成为太平洋世纪的王者。19世纪的美国曾宣扬所谓“门罗主义”，标榜“美洲是美洲人的美洲”，这个“门罗主义”实质上就是自限于美洲的帝国主义；而经过了20世纪的两度大战，美国终于将其“门罗主义”推广到普天之下、率土之滨。——在好莱坞《天煞·地球反击战》里，美国领导全世界抗击外星侵略者，在“地球是地球人的地球”的主旋律中，回荡着的正是“门罗主义”的幽灵。“公元前190年，罗马在小亚细亚西部马格内西亚的胜利，结束了一个时代。……作为政治现象，古希腊已经不复存在。罗马取代了它的位置。罗马成为古希腊罗马时代遗留下来的唯一强国。美国在苏联解体后成为唯一的强国……”（第134—135页）但冷战终结了，历史却了犹未了；意识形态的对峙余波未平，文明的冲突却已狂澜再起。基督教文明与伊斯兰文明之间的旧恨新仇，被“9·11”恐怖袭击戏剧性地聚焦在世贸大楼的废墟之上；但“9·11”与其说打击了美国，还不如说刺激了美国，它实际上加速了新罗马帝国的形成。“曾经作为美国榜样的是罗马共和国，如今则是罗马帝国。”（第12页）“罗马和美国的处境最终发生了重大变化：它们的势力无人能敌。……在恐惧和极端强权的共同作用下，罗马更加残暴，美国的政治走向军事化，这些都表明，罗马和美国进入了新的历史阶段。”（第206—207页）这是论帝国的君临。

本德尔在书中论及罗马对迦太基的毁灭：“……占领迦太基城的西庇阿·埃米利安努斯，则是踏实地执行元老院彻底毁灭迦太基城的命令。看见自己所做的一切，西庇阿不禁凄然泪下，他想到那些城市、民族和王国如何走向灭亡，从亚述、麦迪亚、波斯到马其顿。经过良久的沉思之后，他说出了伊利亚斯的诗句：‘将来有一天，神圣的特洛伊城也会衰亡。’西庇阿哭了，因为他想到罗马也可能会像迦太基一样衰亡，触动西庇阿的不是他所执行的错误和残酷的政策，而是人与国家‘命运的变化无常’。”（第199页）而美国人在征服阿富汗和伊拉克之后，也有了跟西庇阿灭绝迦太基之后类似的历史感伤。——今年五月，《纽约时报》发表专栏作家克里斯托夫的评论《从开封到纽约——辉煌如过眼烟云》，指出美国现在虽是世界唯一超级大国，纽约是全球首要都市，但在千年以前，全球首要都市却是开封；“我们如果回顾历史，会发现一个国家的辉煌盛世如过眼烟云，转瞬即逝，城市的繁华光景尤其如此。公元前2000年世界最重要城市是伊拉克的乌尔，公元前1500年世界最重要的城市或许是埃及的底比斯……公元1年是罗马，公元500年可能是中国的长安，公元1000年是中国的开封，公元1500年是意大利的佛罗伦萨，公元2000年是纽约。公元2500年，以上这些城市可能都榜上无名。”西庇阿和克里斯托夫，都是在帝国登峰造极的时刻，反倒悲从中来，顿生历史无常之感，这个不约而同是很可咀嚼的。

在对外关系方面，美国是罗马历史的重演，是帝国主义的还魂；远在20世纪70年代，雷蒙·阿隆就将美国称为“帝国式的共和国”了。这样，就自然引出一个最重要也最有趣的问题：在内部政治方面，美国也会跟罗马一样，由共和国堕落为帝国吗?

对此，最有影响力的预言并非出自枯燥的学术文字，而是出自激昂的娱乐映像。乔治·卢卡斯1977年的第一部《星球大战》，已让银河共和国堕入帝国的黑暗中，那显然是罗马由共和国沦为帝国这一古典历史叙事的星际版本；而到了2005年的《星球大战前传：西斯的复仇》，当独裁者帕尔帕丁在银河议会宣布消灭武士、建立帝国之时，万众欢呼，一致通过，帕德梅·阿米达拉女王为之黯然：“自由就是如此死亡的，在雷鸣般的掌声中。”这样，对罗马史的影射，又不期然地成为对当代美国政治的批判——人们从太空暴力的蔓延，看到了伊拉克战争的发动；从银河帝国的崛起，看到了布什王朝的降临。如此，《星球大战》不仅是对罗马往事的伤感总结，也成了对美国未来的阴暗预测。

但卢卡斯表示，他在写作剧本时，伊拉克问题尚不存在，影片情节所依托的是现代以前的独裁政治史：“在古罗马，为什么元老院成员杀害恺撒之后，会将政权交给他的侄子屋大维？为什么法国在除掉国王之后，会把整个政治权力交到拿破仑手上？还有德国的希特勒也是如此。在历史上，民主转变成独裁，这类事件一直在不断重复。”

那么，美国呢？卢卡斯没有轻下断语，只是希望他的故事不会成为现实：“或许这部电影能唤醒人们关注目前的形势。”

比之卢卡斯，查默斯·约翰逊远为悲观。他在《帝国的悲哀》中忧心如捣，认为对外的帝国主义，必然与对内的民主政治无法共存，“……美国走上了一条与上世纪80年代前苏联同样危险的道路”（第13页）。他相信美国即将发生四种悲剧：战争持续，民主丧失，舆论终结，财政破产。

查默斯所说的第二种悲剧，也就是指对外关系的军事化，终将破坏对内统治的民主化，这确实有相当的历史依据：古罗马从共和到帝制的变迁，英国在立宪政体确立后对君主制的仪典化，近代日本对天皇权威的神化，乃至当今美国总统成为“牛仔皇帝”，似都与对外的军事征服及殖民扩张同步；甚至《星战前传》中那个黑暗帝国的创立者，也正是通过长期战争才篡夺了共和国权力。

至于第四种悲剧的政治意义，则尚可商榷。查默斯指出美国军费开支过于昂贵，维持全球军事霸权在经济上得不偿失，由美国利益本位而言，这固然可以成为反帝国主义的论据；但若由全球政治立场而言，这也恰恰可以成为同情帝国主义的理由——帝国主义并非纯收益的体系，相反倒是高消费的制度，除了财雄势大的美国，还有哪个国家可以自费充当“世界警察”呢？美国人在满足其帝国雄心的同时，也必须承担相应的帝国责任，正如电影《蜘蛛侠》那句台词所言：“大块头有大责任。”这不尽是

"帝国的悲哀"，相反，这也是"帝国的荣耀"吧。

跟美国人相比，中国人反而轻松许多。沈丁立《评"新帝国论"及其缺失》认为，美国对外已是帝国主义了，然而"帝国主义是帝国的必要条件，但不是充分条件"，美国对内并非帝国，更非新帝国（《我与美国研究》，第388—390页）。林国荣《罗马史随想》也说美利坚"这个帝国冲动是罗马式的，但这个帝国本身不是罗马"（第80页）。这种观察也属事出有因。因为近世以来的西方政治进化史，已使得国际的帝国主义及国内的专制主义至少在形式上丧失了合法性。新罗马即使拥有超过古罗马的力量，也无法像古罗马那样不受约束地行使其力量；在后帝国主义的时代，新罗马只能名不正言不顺地代理其帝国角色。说到底，内部的民主政治，固然不足以使一个强国自觉地放弃其外部的帝国主义，但民主国家的帝国主义，到底也比专制国家的帝国主义较为温和。

吉本《罗马帝国衰亡史》有句名言："历史往往不过是人类的罪行、愚蠢和不幸遭遇的记录而已。"（黄宜思、黄雨石译，商务印书馆1997年版，第78页）我们无法追求更好的历史，我们可以做的，无非只是避免更坏的历史。因此之故，我们可以相信，新罗马帝国的时代绝不会是一个历史的乌托邦；但我们更应当怀疑，没有新罗马帝国的时代，就会是一个更美丽的新世界吗？

补记：

英国历史学家尼尔·弗格林说："如果没有大英帝国，这个世界未必就能太平繁荣。后帝国主义时代的特点就是存在两个相互矛盾的趋势：一个是经济的全球化，另一个是政治的分裂。前者无疑促进了经济增长，但增长的成果分配极不均衡。后一个趋势主要与内战和政治动乱有关，它们是导致世界上较为贫困的国家更加贫穷的重要原因。”（《帝国》，雨珂译，中信出版社2012年版，第314页）这跟我的意思相似，可参。

李文和案之再思

李文和案尘埃落定，但美国内外议论未息。

舆论始终聚集于李文和之所以被指控这一点：他在多大程度上是因为黑发黄肤的华裔背景而被起诉？但从制度和法律立场，我们更需要关注李文和之所以被释放这一点：美国政府原是志在必得，何以终意不了了之？马来西亚政府可以对其前副总理无所不用其极，美国政府却无法将“战后最大间谍案主角”入罪，何也？

法律并非证明李文和没有泄露核机密，只是法律也未证明李文和泄露了核机密。这就够了。这就足以令联邦法院释放李文和，还要向他道歉。

李文和回家了——这个结果比一切都重要。正是这个结果，最能体现美国制度的精义所在。

李文和案简直就是《美国八大冤假错案》的续篇。《美国八大冤假错案》系美国法律史学家柯特勒的重要著作（商务印书馆1997年中译本，原名《美国政府的严酷审讯》），专门评述二战以后麦卡锡主义时代的突出案例，揭露美国官方出于对国家安全的防卫过当而导致对公民权利的侵犯。案例中受指控的对象包括二战期间司职日本对盟军广播的“东京玫瑰”达基诺、公开支持法西斯主义和反犹的著名诗人庞德、亲苏的中国通拉铁摩尔、同情中共的《中国每月评论》发行人鲍威尔……所有的这些案件中，指控一方都是庞然大物的联邦政府，被指控一方都是行迹可疑的孤独个人，指控的内容则都与个人对国家的忠诚有关，这与李文和案毫无二致。相似的还有时代背景及政治风气：八大冤假错案产生于20世纪40年代末至50年代初的冷战早期，面对席卷欧亚的赤色风暴，西方世界的大本营也形成了意识形态上的反共狂热，尤其在中共取得军事胜利之后，美国政府更追究所谓的“失去中国”的责任，麦卡锡主义即缘此而生；李文和案则产生于苏美冷战已然终结的90年代末，苏联红色帝国崩溃，西方反共意识形态的头号敌手很自然地转向中国这一仅存的共产主义大国，这确可视为麦卡锡主义褪色的重版。

还有一个极重要的相似之处：除“东京玫瑰”案以外，上述案件的被告尽管各自付出沉重代价，但都没有被正式定罪。柯特勒据此总结：“……权力在某种程度上既是独立的，又是互相抵消的。这个制度虽然无疑可以滥用权力，但没有斯大林式体制的恐怖，在那种体制下，限制权力的唯一方式是独裁者的自我约束。简言之，美国有‘法治’，无论它怎么自发性失效。”“法律受到以法律的名义施加的破坏和抑制……结果将损害个人自由和权利的尊严，时时滥用法律准则。法律制度在一定程度上默认附带的歪曲；然而，正是法律的这种自主性使这个制度不会彻底逆转。破坏和滥用准则是有限制的，因为法律的卫护者和执行人最终发现自己也不能摆脱法律的裁决。……它不是一个密封的制度。我们的社会允许个人根据‘法治’原则进行反抗，并利用‘法治’矫正对那个制度的准则的违犯。”这一点在最新的李文和案中有更明晰的显示：美国政府固然滥用权力，并显出潜在的种族歧视或者反华（实为反共）倾向，可到底力有不及；美国法律制度又一次表现出它对证据的尊重，对个人自由的守护，对政府权力的戒备……尽管行政权力经常被滥用，但司法权力毕竟能起到一种拨乱反正的作用，使权力的滥用最终无法滑向真正的专制压迫，滑向“中午的黑暗”式的审判表演。因此，李文和案确暴露出美国政府的阴暗一面，但最后的结果，仍能昭显出美国制度整体的伟大。

一个政府的行政权力可以分为对内、对外两方面：对内的权力多限于维持社会秩序和提供公众服务，是消极的、有限的权力；对外的权力则需要保证国家安全，是积极的、无限的权力。但在具体的行政实践中，内外大权独揽的政府总是必然地趋向于将对外的权力用于对内，即将对外的积极权力用于对内的消极任务，结果往往以国家安全的名义侵害个人自由。从八大冤假错案到李文和案，都是最明显的例证。李文和案的最大意义就在于它再次证明：对于保护个人自由，对于限制国家权力，司法独立至关重要。权力本能地趋向自我膨胀和压制异己，任何制度下的权力（包括最民主的制度）都不可避免地会出现对个人自由的侵害，这是权力天性之恶所决定的……要有效限制权力的野性，端赖独立司法机制的约束。

人类历史上从未有过真正高尚的政治，相信未来也不可能有，一为政客，便无足观，良有以也。既然我们无法使得权力本身变得高尚，就唯有寄望于对权力的法律制衡。我们不可能有真正高尚的政治，但还可能有接近公正的法律……那是阻挡权力决流的制度堤防，是个人自由的最后保障。

左派知识分子声称法律不过是政治阶级所掌握的压迫武器……是的，有些时候，有些地方，是这样的（尤其是那些左派知识分子向往的地方）；但现在，但美国，不是这样。

最后，还有一点值得我们特别留意：从旧日的八大冤假错案到现时的李文和案，美国政府来势汹汹的指控在法庭上再三受挫，大失颜面，但尽管如此，美国的政府权威始终不坠，美国制度的根本从未动摇。因为对美国人来说，政府会犯错，总统会犯错，那是不可避免的，也是不足为奇的（因此克林顿才没有被赶下台），他们本没有妄想政府可以永远正确。正是由于他们本来就很明白政府必定会犯错，才如此依赖司法制度的纠错啊。

只要有健全的纠错制度，则一个会犯错的政府也并不那么可畏。相反，一个不会犯错的政府，一个永远光荣正确的政府，一个从不败诉的政府，倒是最危险最可怕的！

辑二

血的事实

多年以前，没有影视明星占尽风骚的时代，我们的报纸触目尽是表扬好人好事的新闻；这种政治宣传化的报道模式虽已衰微，但在特殊领域仍有不少残留……义务献血新闻，就是至今还很常见的“例牌新闻”之一。

请想想，义务献血为什么会成为新闻？

刊登献血新闻的“意义”大约有二：表彰献血者；以此为榜样鼓励效仿者。——可是，只要我们稍有一些反向思维，就不难判断这种新闻的深层“意义”：献血之值得表彰，献血之需要鼓励，献血之可以成为新闻，不正显示献血行为在中国不够普遍吗？

且举一个有意味的例证。2000年9月16日《羊城晚报》，A5版有一图片新闻，内容是广东大厦主动联系血站上门采血，原拟40多人参与，结果有150多人报名；同日A10版却转载《北京日报》报道：两名初二学生被一伙男子劫持到医院，顶替别人身份各抽了200毫升血，最后用十块钱打发回家……推测其缘由，要么是医院无血可供，急需输血病人的狐朋狗友乃出此险招；要么是“血霸”组织卖血一时人手不足，遂临急半路抢血——总之此事表明医院的供血不足。一个（在新闻里）有那么多人踊跃献血的社会，怎么竟会缺血以至发生抢血的地步呢？抢血新闻，最有力地戳破了献血新闻对血荒现实的粉饰！

血荒的事实也开始在报道中浮出海面了。

《南方都市报》通过记者卧底暗访，2000年8月21日以大篇幅揭露“血头”“血霸”操纵盲流搞伪无偿献血：各立山头的“血头”们与有献血任务的单位搭好线，安排手下网罗控制的外来人口顶替本地职工献血，“血头”就能从献血单位补助给献血者的营养费中牟利……这组引起副总理李岚清关注的报道，其实仍浮于表面，未能（或未敢）深入问题的实质，“吸血帮”的出现自有其合理性和现实性：真正的无偿献血根本无法满足临床用血，因此政府只能通过行政指令迫使各单位承包相应的献血任务，但单位内部却已无法迫使职工自愿献血，因此就只好收买外来人口的廉价血液顶替完成指标，作为组织冒名献血的中介人“血头”遂缘此而生。没有“血头”们的串联，单位怎么完成任务？血站又怎么维持基本供血（血站有意无意地默许冒名献血）？而且，单位付给“血头”的营养费较之付给职工还可以节省些呢。

让盲流冒名献血固然是伪无偿献血，但原来单位组织的无偿献血又何曾是真的无偿献血？大家都很清楚，参加单位组织的无偿献血，绝非无偿，既有不菲的补贴，还有不短的假期。中国的献血本来就是伪无偿献血！而且即便如此，即便是伪无偿献血，也仍是不敷所用。

归根结底，原因就是这个简单的事实：我们都不愿意献血，更不必说无偿了。

何以我们不愿意？何以别人却愿意？

在网上见到一则高校记事：一日本留学生指着“献血光荣榜”诧异地问：“干嘛要把这些人的名字写上去？……献血光荣吗？我每年暑假回国都要献一次，一次400毫升。日本都要义务献血，这是很普通的事呀。”

不仅日本人。美国经济学家萨缪尔森写过一篇随笔《血液》，提到“英国没有人为输入的血液付钱，是因为每一个捐献血液的人都不收取任何报酬”，甚至于，“我在英国捐献血液，并不能因此获得担保，在未来的某一天，万一我需要血液的时候，我就有权要求输血。也不能保证，在等候血液的队伍中，把我的子女排在优先位置。我所得到的一切，就是我知道自己帮助了同胞而获得的莫名的快乐。”那美国呢？尽管萨缪尔森指出美国人自愿献血的数量不及英国，但仍超过三分之二的临床供应量……“用金钱买来的血液，肯定不会像因爱获得的血液一样好。……用爱换来的爱，要比用钱换来的爱更美好。”

为什么他们可以那样？为什么西方大部分的血液远离了金钱，而我们这里却有越来越多的血液卷入黑色经济之中？为什么“自私自利”的社会可以做到无偿献血，而“大公无私”的社会却连虚伪的无偿献血都做不到？

义务献血很大程度上是公民道德的缩影。

就是说，不愿意承担献血的义务，表明我们普遍缺乏公德心。数十年来，经过“互相爱护互相帮助”的教育，经过“学雷锋，树新风”的宣传，经过“狠斗私字一闪念”的革命洗礼……

最终，我们比那些在利己主义的温吞水中浸泡的资产阶级小市民更自私，集体主义至上的社会比个人主义至上的社会更缺乏公众道德。

这一理想与现实的悖反，最能证明那个政治经济乌托邦的破产！

我们只能告别理想，而承认这个明显的现实：制度必须符合人性。

人性原是自私自利的，西方式制度顺应了人的私心，个人习惯于各亲其亲、各私其私，反而易于养成以利他为利己的“交相利”的价值观；因为在一个人人自私的社会中，个人只有付出才能获取，只有利他才能利己，这可以说是一种“良性自私”。比如，只有我们都愿意献血，才能保证自己到时都能得到供血，从长远来看，献血不过是以我现在的血交换别人将来的血，献血的道德是建基于输血的需要之上的。

相反，不相信、不承认人性自私之不可易（毛泽东、格瓦拉都幻想造成一种“毫不利己专门利人”的社会主义“新人”），偏要倒行逆施，强制实行“大公”的制度，其结果我们已亲身体验到了：个人的“小私”既不可灭，则最终必然是“大公”的制度和精神歪曲异化，“假公济私”的产生也就无可避免。全社会的物质资源完全归“公”，个人无物可“私”、无“私”可易，即人与人之间无可互利，也无需互利，人人都单向度地靠“公家”施与，或者说向“公家”索取；在这样的制度环境中，利他无法得到利己的正常回报，个人行为遂趋于最大限度的利己，人与人之间难以建立互利性的信任，那种以利他为利己的集体行为的良性循环也就无法形成。这就是一种“恶性自私”，其行为逻辑是：付出不仅吃亏，并且愚蠢；只要不到自己需要（输血）的时候，我就不能付出（献血），所谓光棍不吃眼前亏！

简而言之，“小私”的制度和政治顺应人性，人的自私一般不至于流于极端；而“大公”的制度和政治违反人性，倒使人的自私趋于绝对化。

这应当就是我们的教训：制度无法改造人性。妄想以制度改造人性，结果不仅使制度变坏，更使人性坏的方面也更坏。违反人性的制度使人性变得更坏。

这是血的事实。

除恶勿尽

清游戏主人编《笑林广记》有一则云："一人往观武场，飞箭误中其身，迎外科治之。医曰：'易事耳。'遂用小锯截其外竿，即索谢辞去。问：'内截如何？'答曰：'此是内科的事。'"这则著名笑话是治标不治本的极端典型，可在现实中，治标不治本的事例多有，我们却经常不察其谬。

我想说的，是近时广州轰轰烈烈进行的整治出租屋行动。

这一行动是由传媒引起的。传媒报道广州火车站的混乱在先，行政部门整治火车站的秩序在后；由火车站黑幕的揭露又引出对出租屋藏污纳垢的追踪，问题曝光，行政部门也就无法心照不宣，只有强烈回应，大张旗鼓地展开"两打一扫"，重点即在整治出租屋、扫除黄赌毒。传媒的揭露是藉此显示舆论监督的勇气，而政府的反应则是藉此显示其治理社会的能力。从动机而言，整治出租屋的行动可以同情，但它在方法上是否就合理可行？

整治出租屋大约有两大困境：

一、执行部门恐怕最担心一点：这一行动在长期性的行政管理方面能否贯彻落实？警力有限，法规不全，行政多头，都是不利因素。

二、但我更担心的是这一点：假设整治出租屋在技术上确实可以完成，那又如何？是否就能使“国际大都市”的整体治安状况好转？黄赌毒就会从此销声匿迹？

我不相信。

其实道理并不复杂。相对于火车站，出租屋自然是本；但相对于整个广州，出租屋仍只是标。出租屋现象是当今中国经济社会的总体背景决定的：商业发展的重心在城市，在沿海，因而全国人口由农村向城市、由内地向沿海流动的浪潮便无可抑止，大城市中外来人口及流动人口剧增就成为普遍现实——由此衍生的外来人口及流动人口的居留问题，外来人口及流动人口的犯罪问题，客观上就无法避免。广州的经济建设和社会繁荣实际上已离不开外来人口和流动人口，也离不开相伴而来的种种负面因素，所谓“繁荣娼盛”，自有其社会学和经济学的现实依据。既然无法真正治本——限制外来人口的流入（这是某些市民的意见，但唯有退回到计划经济体制中才可能实行），则治标——整治出租屋——又有多少意义？相反，若无有效的治本之道，则治标之策愈烈，后患反而愈大。

管好了出租屋，但管不好出租屋中的居留者，如此只能导致出租屋现象向整个广州蔓延。其实治理火车站时，传媒已报道：“火车站内治安明显好转，刑事案件大幅减少。但是，另一方面，火车站周边的治安却频频告急……”（《羊城晚报》2000年6月3日）“每次清理火车站广场，这些人（‘三无’人员）又会跑到广州其他地区，因此全市的发案率实际并没有下降……”（《新快报》2000年6月19日）现在又治理出租屋，黄赌毒岂不是也会流出出租屋之外而散布全城？

打击犯罪行为（杀人越货强奸）和非法行为（黄赌毒），必须确立一个常识性的前提：法律只能将罪恶抑制在某种限度之内，而不可能完全消除。有了这样的前提，我们就比较容易平心静气地理解出租屋现象的“合理性”，甚至可以发现其“优越性”：出租屋固然是“恶”的特区，但它也使“恶”有序化、良性化了，其实也方便了我们对“恶”的监控（所以每次“扫黄打非”行动，公安部门总是在一夜之间就能破获那么多的案件，逮捕那么多的疑犯）；一旦我们非要除“恶”务尽，让“恶”无处存身，那反而会导致“恶”的无序化、恶性化。割除了个别毒瘤，会不会使城市的全身都受到感染？有出租屋的存在，还只是多些黄赌毒（良性犯罪），若将出租屋整得“鸡”飞狗走，居留者会不会狗急跳墙，搞出更多的打砸抢（恶性犯罪）呢？整治出租屋在局部抑制了犯罪，却可能引致更大范围的治安恶化。

因此之故，出租屋可以整治，但由大局出发，须防过犹不及。

打个不好听的比方：出租屋就是城市的WC，要是硬将所有的WC改成豪华公厕，那些不愿交费上厕所的，就一定会随地大小便了！

美经济学家曼昆的《经济学原理》目前流行一时，书中在举例时对禁毒作了一个经济分析：“由于受毒品价格上升影响而根除自己不良习惯的瘾君子很少，所以，很可能的情况是，毒品的需求缺乏弹性……禁毒提高的价格的比例大于毒品使用减少的比例，所以增加了吸毒者为毒品支出的总货币量。那些已经以行窃来维持吸毒习惯的瘾君子为了更快地得到钱会变本加厉地犯罪。因此，禁毒会增加与毒品相关的犯罪。”禁毒既可能增加盗窃抢劫，扫黄不也可能增加非礼强奸？简单地消除罪恶，未必能真正有效地消除罪恶，世事不如意，往往一弊未除，一弊又生。

我想，行政部门，尤其是执法部门（公安），未必不了解整治出租屋的不切实际。这一行动的出台，可以说是长期的政治和行政思维惯性决定的，这种旧思维的根本前提是：我们的社会应当是完美无瑕的，因此不能容许任何罪恶的明显存在——只要罪恶曝光，为了自欺欺人地捍卫“精神文明”的政治神话，就必须同样曝光式地消灭这些罪恶。

这种“完美社会”的观念早就应当抛弃了。1969年，前南斯拉夫最高领导人之一、持不同政见者吉拉斯在美国出版了一本书，书名是《不完美的社会》。他指出：“我相信社会根本就不可能完美。人必须有思想和理想，但他切不要以为都可以完全实现。我们必须了解乌托邦主义的性质。一种乌托邦主义，当其取得了权力时，便成为一种教条，便极易于以其科学主义和理想主义来使人类受苦。”吉拉斯“不完美的社会”的概念类同于波普的“开放社会”，今日视之，近乎老生常谈，但在那个全世界受乌托邦观念洗脑的时代，实为伟大的常识！

“不完美的社会”意味着：一个正常社会，必然有错误、不良意识乃至罪恶的存在，这是自由和开放的代价；相反，只允许正确、道德及好人好事存在，这样的社会必然是反自由的。

社会不可能完美，因为社会植根于人性，而人性本就不完美，每个人内心自有“恶”的一面。不完美的人又如何能构成完美的社会？

有什么社会可以完全消灭黄赌毒？是的，中国曾有过那样的时代，但那也是人人自危、互相揭发的时代，是数以百万计的人被批斗处死的时代，是数以千万计的人饿死的时代……世间之恶有远甚于黄赌毒者，为了完全消灭黄赌毒这类小恶，就需要付出那样的代价吗？

只有通过大恶才能消灭小恶，正如要完全消灭阴影，就必须接受黑夜。

阳光之下哪能完全没有阴影？

为什么要“从严从重”还要“从快”

——从强奸卖花女案看新闻与司法

韶关“9·20”涉嫌强奸卖花女案，是广州1998年最引人瞩目的要闻大案。事件大致如下：9月20日晚，广州某企业经理蔡尚斌及若干当地政府官员在韶关金都酒店卡拉OK，一年仅14岁的卖花女进包房内卖花，被蔡强拉入卫生间，在场政府官员视若无睹，一名三陪女离开包房报警，酒店一名经理前去处理，踹开两道门以后，发现卖花女全身赤裸，而蔡正提裤子……

此报道一出（《新快报》最先），司法机关迅即作出反应：省公安厅厅长陈绍基当即批示“决不姑息”，省高院院长吕伯涛指出“性质恶劣，影响很坏”，《韶关日报》更要求“严惩人渣，决不姑息”……此案典型地重演了恶性刑事案件的报道和审判的一般模式：

新闻报道小心翼翼地揭露

↓

司法部门充满正义地表态

↓

犯罪分子被“从严从重从快”地判决

不过，较之以往，对此案的报道也出现了新的突破：

一、出现了对案件的反向报道——在一片声讨之中，《南方都市报》以大篇幅刊出犯罪嫌疑人蔡尚斌的辩白（他称“我啥也没干”）；

二、出现了对司法部门的新闻批评——《粤港信息日报》发表长篇评论，指出报纸没有权力给蔡尚斌判罪，司法机关不能仅凭几篇报道就将案件定成“铁案”，“传媒管传媒的事，司法管司法的事”，新闻监督不应干涉司法公正（刀戈《从“强奸卖花女”案看新闻监督和司法公正》，1998年10月3日）。

其实在此之前，颜长江就以湛江烈女事件（因被逼卖淫而跳楼致残）、韶关女战士勇斗车匪事件为例，有力地批评了同类现象：“给写到报纸上的坏蛋几乎都得判死刑的”，“惩恶，也得公平。法律，未必得顺应舆论。百姓决定报纸，没错，但报纸决定法律，错了”，他表示希望“报纸就是报纸，该说就说；法律就是法律，依法来判”（《说说》，《南风窗》1998年第10期）。

他们对此类报道模式及司法现象的批评，当然是合理的，但其解释却欠周到——我们的新闻报道真的会干扰司法公正吗？或者反过来问：司法公正受到干扰，真的是因为新闻报道的因素吗？我们的报纸真能决定法律？处于行政领导体系之下的报纸，真可以起到这样大的新闻监督作用吗？

回答只能是否定的。

所以下面准备讨论两个问题：第一，涉嫌强奸卖花女案的报道为何可以出笼？

这首先有具体的原因：

一、事件“性质恶劣”，太过离谱：不但强奸，而且是强奸卖花的“祖国的花朵”，而且是在公众场合，而且是在国家机关执法干部的眼皮底下！

二、犯罪嫌疑人的官职不算太高：主要犯罪嫌疑人是企业经理，涉案官员有韶关公路局局长、区法院行政庭庭长及湛江武警支队一名支队长。

三、案件不是在广州本地发生，也没有牵涉到本地官员，省级报纸不会受到地方行政机关的直接干预。

此外，还有抽象的背景因素：

一、新闻报道的宽松程度确实相对增大了，尤其是对非政治性的、纯技术的局部问题。

二、新闻机构与司法部门之间的协调度相对降低了，上级领导直接“打招呼”恐怕也少了。

三、在市场竞争的巨大压力之下（尤其是在三大报业集团对峙的广州），为了“抢新闻”必须冒一定程度的风险。说一句诛心之论：“新闻工作者”重视“抢新闻”甚于重视“新闻监督”，重视市场和发行甚于重视公平和正义。

那么，第二个问题：为何总是置司法公正（对好人要公正，对坏人同样要公正）于不顾，而要“从严从重”并且“从快”？这涉及整个社会制度及意识形态的背景。

对于西方式制度来说，“权力导致腐败，绝对的权力导致绝对的腐败”（近代英国历史学家阿克顿语），因此政府是“必要之恶”，它只是技术性的管理机构，只是充当被人民雇佣的管家角色，并不高于任何个人，一旦政府及其属员出现犯罪，亦属正常现象。而对于中国式制度来说，政府则代表着“绝对之善”，它以神圣和正义者的化身自居，在道义上承诺“为人民服务”和为民伸张正义——人民是“国家的主人”，而政府官员只是“人民的公仆”，从理论上说，“公仆”要对“主人”负责，决不应犯错，更不能犯罪。由此种政治理念出发，一旦出现犯罪（准确地说，是一旦犯罪被公开揭露出来），尤其是政府官员犯罪，就会破坏统治的合法性，破坏政治体系的神圣光环；因此，对于政府方面来说，一旦体制内出现污点，政府首先要做的就是维护自身的合法性，维护自身的神圣地位。

如何维护？假若“老鼠屎”只限于局部和低层次，还不至于搞臭整锅粥，那么官方的习惯反应便是：在法律上从重判决，在行政上从严处理。如是，一来可将犯罪者排除出体制之外，使之成为体制罪恶的替罪羊，二来可做出为民请命的圣斗士姿态，强化体制的神圣性，连消带打，一举两得。

这就是说，“从严从重”很大程度是政治表演。既是表演，舞台为何？大众传媒是也。所以，与其说新闻干扰了司法，不如说司法利用了新闻！新闻影响司法只是表面的，实质上真正影响司法公正的，是司法自身操作的政治性和行政性。

仔细想想，西方的大众传媒号称行政、立法、司法之外的“第四种权力”，尚且难以干扰司法的操作，中国的大众传媒更何足道哉！相反的情形，即司法干扰新闻的现象倒是普遍得很——禁止或限制报道的大案要案，你知道有多少吗？

再往深处想，无论说新闻影响司法，还是说司法影响新闻，也都不过是表面文章；新闻与司法，实际上是同病相怜，它们面临同样的问题——同样受到政治性和行政性的干预，新闻固然无法真正“按新闻规律办事”，司法又何曾可以完全按司法程序操作？

保护坏人的人权

近时最令我触目惊心瞠目结舌的案件，是普宁民警杀人案：七名民警擅自枪决四名无辜村民，事后谎称四人是歹徒，在逃跑时，他们被迫开枪（见1999年1月27日《广州日报》、《羊城晚报》和《法制日报》）。对此案，秦朔已有深入分析。在此倒想谈谈两宗旧案。

一宗是张志新案。1979年首次披露此案的《一篇血写的报告》有个细节："把她按倒在地，惨无人道地剥夺了她用语言表达真理的权利。"许多读者追问这句话的意思，《光明日报》在以后的文章中只好如实披露："枪杀她之前，她被按在地上割气管。她呼喊挣扎，她痛苦至极，咬断了自己的舌头。"前些时候，《一篇血写的报告》的作者陈禹山透露隐情：张志新并非第一个临刑前被割喉管的人，而是第30多个！当时不少犯人临刑前或大声喊冤，或高呼口号，被认为影响极坏，辽宁公安局一名法医遂"发明"此"捍卫毛泽东思想"的新生事物，并为主持辽宁党政军工作的毛远新（毛泽东侄子）等同意（《南方周末》1998年8月7日）。

另一宗是王守信案。王据称贪污公款五十多万元，当时被视为“建国以来最大的贪污犯”，1980年2月8日在近5000人参加的公判大会后被处决。最近，当年任《黑龙江日报》摄影记者的李振盛，披露了处决的全过程，其中有这样的细节：在犯人绕场一周时，王面对数千群众，一边扭动着被捆在背后的双臂，一边向上蹦跳着高呼：“我是无罪的！你们才有罪！”“我要为真理而斗争！”一些法警当即上前“制止她叫喊”；当正式判决死刑后，王又立刻跳起高呼：“共产党人是不怕死的！我是为真理而死！”“你们都是修正主义分子，我死也不服你们！……”法警再次上前制止她，两人在后将她重新勒紧，一人在前掐住她的喉咙，不让她喊出声音（《华夏》1999年第2期）。——一个贪污犯如此理直气壮地鸣冤叫屈，此案是否尚有隐情？王称判决她的人是“修正主义分子”，此案的判决是否也有权力和路线斗争的因素？这些目前还难以深究，姑且仍将她视为纯粹的贪污犯。

张志新与王守信完全是两种人：张是反“文革”的思想英雄，被追谥为烈士；相反，王是坚决拥护“文革”的造反派，身负贪污犯的罪名。——可是，她们在临刑时都同样想作最后的呐喊，并且都被剥夺了这样的权利。掐住王守信的喉咙，与割断张志新的喉管，岂非是五十步与一百步之别吗？张被割喉管的惨状披露以后，引起全民性的责难；但王守信呢？有谁同情她在人之将死时被剥夺了言论自由？

先照抄两段文字：

假如当初被割断喉管的三十多人确实个个都是十

恶不赦的杀人犯、抢劫犯和强奸犯，他们是否就该被割断喉管？……无论是割张志新的喉管还是割断杀人犯的喉管，其践踏法律、侮辱人格的性质是一致的。（伊甸《谁该割断喉管？》，《南方都市报》1998年10月5日）

……一个国家的法律是针对它的整体人民的，只有当它对所有的人是公正的时候，任何一个“个人”才有可能在任何情况下都受到法律的保护，从而拥有安全感。相反，如果一个社会纵容对一部分大家认为是“坏人”的人草率处理，表面上看起来有可能是维护了“好人”的利益，但是事实上，在这种情况下，已经隐含了对每一个人的公民权利的威胁。在一定的气候下，无视公民权、践踏公民权的“细菌”，就会以人们意料不到的速度突然迅速生长，危及每一个“个人”，“好人”、“坏人”通通无法幸免。（林达《历史深处的忧虑》，三联书店1997年版，第277页）

对于王守信在刑场上的遭遇，这两段文字其实已是最好的批评。以下我只是再将此概括为两个层面的认识：

一、从理论上说，好人有人权，坏人也有人权。法律的根本精神，在“平等”二字。法律应对所有人一视同仁，对坏人也要与对好人一样“依法”处理，不能对好人就从宽从轻，对坏人就从严从重。张志新有高呼口号的权利，王守信何曾不应有“用语言表达真理”的自由？残忍之为残忍，最关键并不在于残忍所施行的对象，而就在于残忍的施行本身。割喉管之所以残忍，并不在于被割喉管的是张志新，而就在于割喉管这种手段本身，不论割谁的喉管，其残忍都是同样的。所以，割张志新喉管是暴行，扼住王守信的喉咙也同样反人道。

二、从实践上看，只有能保护坏人的人权，才能真正保护好人的人权。如果能任意剥夺坏人和有罪者的人权，那么也就能将好人和无辜者当作坏人和有罪者，同样剥夺其人权。既然在光天化日之下可以扼杀王守信（坏人）鸣冤的权利，那么也就同样会在黑狱中割断张志新（当成坏人）的喉管——不能保护王守信的人权的社会，也不可能保护张志新的人权！

推而论之，如果可以滥杀坏人和有罪者，则同样可能滥杀好人和无辜者。普宁民警不正是将那四个无辜村民当作歹徒而“就地正法”的吗？此案最可怕的地方，还不是使无辜者受死这一结果，而是使无辜者受死的手段——未经审讯（连刑讯逼供也没有），未经判决，就地处决！

只要是滥杀，就必然会滥杀无辜。

补记：

吕大年《佩皮斯这个人》一文，是述论17世纪英国海军官僚佩皮斯的著名日记，其中引录日记关于处决政治犯亨利·文的记述有云：“亨利·文当众演说，讲了很久。监刑的治安官和其他人好几次打断他，还想抢走他拿着的讲稿，但是他不放手。听众有做记录的，但是都被治安官收缴了。监刑的人又把鼓号队领到台下吹奏，借以掩盖亨利·文的声音……”（《读书纪闻》，浙江大学出版社2012年版）佩皮斯作为清教徒，拒绝效忠复辟的国教会国王查尔斯二世，遂在查尔斯二世进行政治报复时连带被祸，他的死，在英国法律上是不光彩的事；可是，他在临刑前还能当众陈辞，终可见英国人的文明——“把鼓号队领到台下吹奏，借以掩盖亨利·文的声音”，当然很恶劣；可是，比之张志新的割喉管，王守信的掐喉咙，那不是还算文明吗？

以权谋公是更坏的腐败

一般所谓腐败，也即以权谋私，到处皆有，只是中国尤烈罢了，毕竟算不上中国独有。有没有中国特色的腐败呢？

前些时候《中国青年报》有评论讲到：在某县法院的中层干部竞争上岗演讲会上，竞争者无不以当选后完成若干创收金额为首要保证，该院领导表示，此乃发展“执法产业”需要云云。这种“执法产业”绝非个别现象，在一些地区甚至已成主体产业，除公、检、法之外，工商、环保、审计、土地等部门也是“执法产业”的大户，其特征是以案件或行政指标为资源，以执法或行政审批为手段，如公安部门通过内线聚众赌博以收缴赌资、通过妓女拉客下水以罚款，工商部门拖办工商登记同时以无证经营为由进行经济处罚……各显神通，藉此为机关乃至为地方广开财路。

央视“焦点访谈”更报道：黑龙江克东县是国家级贫困县，县检察院年经费总共不过50万元，却建成两座门面堂皇的办公楼和宿舍楼，哪来的钱？罚款！可据《中华人民共和国刑事诉讼法》，检察院根本没有罚款的权限！该院院长承认：“利益驱动，克东县检察院做过违法的事情，如越权办案，（对嫌疑人）超期羁押，或者先拘留后立案。”

这不是腐败，又是什么？

官员个人以权谋私固然是腐败，但机关集体如此以权谋公不也是腐败？在通过滥用权力以攫取非正当利益这一最关键特征上，二者实为一丘之貉，区别仅在于前者是中饱私囊，后者是集体分赃；“执法产业”不过将腐败变得公开化、日常化、官方化，也就是将私有化的腐败变成公有化的腐败，如此而已！

这是腐败的社会主义化，是腐败的中国特色。

现时舆论的焦点都在以权谋私的腐败上，但这种以权谋公的腐败，其实是更坏的腐败。

首先，以权谋私是个人犯罪，有犯罪主体，仍可能惩罚罪人，追回赃款；而以权谋公却是集体犯罪，也就是机构犯罪，没有明确的犯罪主体，一般较难受到法律惩治。无法惩治的腐败岂不是更可怕的腐败？腐败的公有制性质使这种腐败行为制度化了，这对行政体系和社会的腐蚀和破坏作用更大。

其次，以权谋私多是通过受贿方式，即消极地接受不正当利益，以利于贿赂者达到获取非法利益的目的，这种行为未必有明确的个体受害者（最终遭受损失的是国家和人民），可谓腐败者和贿赂者皆大欢喜的双赢结果；而以权谋公大都是通过非法的执法方式积极地攫取不正当利益，使执法的主体得益，使接受执法的对象受损，这就造成了明确的个体受害者。人民受损害不是比政府受损害更可怕吗？而且，作为个体的人民所受的损害总是双重的：不仅是钱财方面无辜遭受剥夺，肉体乃至心灵也不免创巨痛深。

对于造成政府损失的以权谋私者，政府还可能大开杀戒；但对于只造成人民损失而未造成政府损失的以权谋公者呢？

有新闻报道为证。还是《中国青年报》载：安徽利辛县孙庙乡干部林明、袁志东、李鹏等人，私设牢房，以种种任意罪名拘禁、毒打二百余名乡民，交钱后才放人；据司法机关调查，被拘禁者没有任何违法行为。而当地法院对这几名干部的判决，不过有期徒刑一至三年，且都是缓期执行。这是较极端的事例，不那么离谱的类似现象就更普遍了。随手举一例，广州《新快报》载：一外来工在买销赃自行车时被捕，此后“人间蒸发”43小时，最后结果是：“叫你家送600元钱来，你就可以出去！”——对方没有给任何票据。人放出来，就不错了，还想有什么结果？

如果说以权谋私的腐败是巧取，是暗偷，则以权谋公的腐败就是豪夺，就是明抢了。那些收钱放人的乡镇干部或公安机关，不就是强行勒索的黑社会大佬吗？

高莺莺案的关键

美国共和党的几个小马仔意图对政敌进行窃听，而非法进入民主党总部所在的水门大楼，结果被警察当场逮捕。——这是水门事件的缘起，却不是水门事件的关键。水门事件的关键，是在窃听事件发生之后，共和党总统尼克松不择手段，通过行政力量以掩盖事件真相。后来众议院司法委员会弹劾尼克松的主要条款是：妨碍司法公正、滥用职权。

克林顿性丑闻案的关键，不在于他跟莱温斯基有性关系，而在于他否认跟莱温斯基有性关系，干扰司法调查，公开作伪证。

高莺莺到底是自杀，还是他杀？这是媒体和大众最关注的焦点，但在我看来，却不是高莺莺案的关键。高莺莺之死，固然跷蹊惨烈，但也不过是源远流长的中国冤案史的延续罢了；最离奇、最恐怖也最关键的地方，是高莺莺死后，襄樊地方权力部门赤膊上阵——法医草率作出死亡鉴定，公安、武警持械武力抢尸，政法委强行火化尸体——以毁尸灭迹，掩盖真相。

也就是说，跟水门事件、克林顿案一样，高莺莺案的关键，也是在于对事件真相的掩盖。只不过，高莺莺案中掩盖真相的力度，是可以让美国人叹为观止的。

即使高莺莺是死于强暴，即使元凶是政府高官，那也仍属个人犯罪；而动用国家机器以破坏人证物证，妨碍司法公正，那就使事件由个人犯罪上升为政府犯罪了。前者还是以犯罪形式进行的犯罪，是私人暴力之恶，是局部的、有限的、隐匿的恶；而后者却是以执法形式进行的犯罪，是公共权力之恶，是全能的、无限的、公然的恶。

本来是揭露真相的手段，现在却用来掩盖真相；本来是捍卫法律的工具，现在却用来践踏法律；本来是保护人民的机器，现在却用来恐吓人民。这种公共权力之恶，无论是对于人民心理的威胁，还是对于政府形象的损害，都是无可估量的，远非一般的私人暴力之恶所能相比。

由事件的逻辑而言，是先有了高莺莺之死，才会有权力的滥用；但由政治的逻辑而言，我以为正相反，正因为先有了权力的滥用，才会有高莺莺之死。权力既然可以滥用到这种地步，那还有什么事情不敢为？

既然可以肆无忌惮地掩盖真相，也就可以肆无忌惮地制造冤案。

贫富差距与曲学阿世

《南方人物周刊》“追问何祚庥”，追出轩然大波。尤其关于矿难的言论，招致了几乎出离愤怒的批判。

何祚庥是这样说的：“我告诉你中国死人最多的不在煤矿，在小轿车（交通事故），每年12万！……你为什么认为小轿车（死人）是没法避免呢？为什么这就不是问题？哈，你这话就对了，没法避免！中国煤矿死人也没法避免！因为中国的老百姓太穷了。”“主要是穷，而不是腐败。为什么工人能接受较低的工资、较危险的条件？老百姓不是傻子，他们不是不知道啊。那为什么还接受？因为不接受活不下去。……谁叫你不幸生在中国了？”

平心而论，从经济学角度，指工人因为贫穷而接受高危工作，这个理由是可以成立的；但工人接受高危工作，跟矿难频繁发生，仍是两回事。不能因为工人情愿冒险，就取消了矿难的道德责任。矿难确实是“没法避免”的，但“没法避免”就应当每天死掉100多人吗？矿难确实“有一个概率分布”，但为什么矿难都集中在中国？

不过，坦率说，何祚庥最让我反感的并不是以上的“矿难难免论”，而是他对目前贫富差距的解释：“现在贫富差距拉大，是个问题，但这几年想通了。……马克思说，工人阶级是无产阶级的先锋队，无产阶级只有解放全人类才能解放自己。无产阶级最后解放的才是自己。要先让全人类富起来。不要看人家富起来，就看不得，你是无产阶级的代表，这是（对）你的要求……”

我觉得，这位自称“既懂马克思主义又懂当代科学”的中科院院士，将马克思思想扭曲到这种地步，才是他最可耻的地方。马克思本来是通过证明无产阶级贫困的不合理性，号召他们起而革命；而何祚庥，却以马克思的名义，解释无产阶级贫困的合理性，让他们安分守己。马克思以哲学作为反抗的武器，目的是改造世界；而到了何祚庥那里，马克思哲学却成了统治的工具，目的是粉饰现实。

邓小平要“让一部分人先富起来”，而我们的何院士呢，却要让一部分人继续贫困。按照他的逻辑，就算是让一部分人继续贫困吧，那也应当让马克思主义觉悟更高的共产党员贫困，而不是让后知后觉的工人阶级贫困啊！还是按照他的逻辑，中国作为全球马克思主义的最大堡垒，又何必要富裕起来奔小康呢，“无产阶级最后解放的才是自己”，那何不让全世界其他国家先富起来呢？

何祚庥完全将马克思主义当作粉饰太平的道具，媚时阿世，无过于此！

但何祚庥并不是孤立的，何祚庥式的学问其实至今已觉不新鲜了。

中国社会科学院主持发布的《2005年社会形势蓝皮书》得出著名结论：农民的“幸福感”最高。报告解释说：从1997至2004年，农民收入皆徘徊不进，但2004年首次出现增长，故他们的“幸福感”高于城市居民。

北京市统计学会副会长杜午禄，在国家图书馆“2005北京社会科学普及周”讲座中表示：目前中国不存在两极分化问题，因为目前没有出现通过财团、托拉斯形式的资本运作而致富的群体，高收入者大部分属于工薪阶层。贫富差距虽有扩大，但并未形成绝对贫困阶层；低收入阶层的收入也在增加，并且其增长速度超过高收入阶层。

宗奉“穷人经济学”的经济学家林毅夫，在《经济增长方式转变和“十一五”规划》一文中指出：“我国当前贫富差距的主要矛盾不在于富人太富，而在于穷人太穷。”

无论是“穷人最幸福”的社会学，还是“中国不存在贫富分化”的统计学，还是“不是富人太富，只是穷人太穷”的经济学，抑或是“无产阶级就应该穷”的马克思主义哲学，学问固然有高下之别，也未必完全没有可信的根据和合理的结论，但都不约而同地指向同一个方向：将贫困现象合理化，使贫富差距的问题消解于无形，为暴富阶层的存在左遮右掩，对社会现状的弊端轻描淡写，通过这种学术上的“驼鸟政策”，以完成对“和谐社会”的形式主义论证。

为什么要取消贫富差距的问题？因为中国的问题就在于富人太富。——在西方社会，富人太富，那是意料之内、情理之中；

而在中国，富人太富，那就是制度之过。承认了贫富差距的事实，不仅是对“和谐社会”目标的逆反，更是对社会主义制度的否证。

我曾说过，国学可能成为国家形象的“文化口红”；那么，社会科学连国学都不如，它只是用来掩盖经济阴暗面的遮羞布而已！

用国学来装点政治的门面，用社会科学来掩饰经济的负面，这就是今天的学以致用。

这样的社会科学，既违反学术诚实，更丧失学术独立。按中国传统的说法，这叫“曲学阿世”；按西方现代的说法，这叫“知识分子的背叛”。

富裕中的贫困与贫困中的富裕

茅于轼先生一篇《替富人说话，为穷人办事》，触及贫富问题的敏感带，引出争议一片；近日，他又在《南方周末》发表笔谈《我很担心我们国家再发生贫富冲突》，其中说到："一个国家，有三种可能性：全都是富人、全都是穷人、穷人和富人混杂在一起。全都是富人我们目前做不到。现在我们要么全都是穷人，要么有穷有富。……只有一条路，穷人和富人并存，大家和谐相处。"

茅先生的用意当然值得敬重。不过，试问古今中外，何曾有过"全都是富人"的社会呢？这不像是一位经济学家说出来的话啊。

"要么全都是穷人，要么有穷有富"，这倒是颠扑不破的大实话，但在我看来，也还是需要作进一步的梳理。

"有穷有富"，或者说，贫富分化，确是不可避免的，事实上也是古今中外任何社会的常态。不妨说，资本（财富）的过分集中是市场经济的必要之恶，正如权力的过分集中也是人类社会的必要之恶。一方面要鼓励富者愈富，一方面又要避免穷者愈穷，谈何容易？作为所谓“丰裕社会”的美国，其民主党总统候选人爱德华兹也说存在着两个美国，一个是富人的美国，一个是穷人的美国；20世纪七八十年代，日本号称“一亿总中流”，意为全民中产，而今日也或富或贫，分化为“M型社会”乃至“下流社会”了。更何况其他发展之中的后进国家呢？

可是，我以为，尽管表面上看，贫富分化在哪里都是贫富分化，实际上却应当区分为两种：一种是富裕中的贫困（富裕中有贫困），一种是贫困中的富裕（贫困中有富裕）。从世界范围看，美国、欧洲、日本、香港……当然属于富裕中的贫困；相对而言，中国仍属于贫困中的富裕。若仅从中国内地范围看，则沿海地区偏向富裕中的贫困，内陆地区偏向贫困中的富裕；城市偏向富裕中的贫困，农村偏向贫困中的富裕；私营企业偏向富裕中的贫困，垄断企业偏向贫困中的富裕。

富裕中的贫困是“看不见的手”所造成的，并不十分可怕；而贫困中的富裕则是“看得见的脚”（朱学勤先生语）所造成的，那才最可怕。因此，在富裕中的贫困这一语境中，“替富人说话”并无不妥；但在贫困中的富裕这一语境中，“仇富”却是有其合理性的。

那么，在当下的语境中，我们是更需要“替富人说话”呢，还是更需要“仇富”？

此外，我还想说的是：富裕中有贫困，并不可耻；只有富裕，没有贫困——富裕而要禁止贫困的存在，或者富裕而要掩饰贫困的存在，才是最可耻的。将乞丐驱逐到行政管辖范围之外的荒郊野岭，将外来人口的违章棚屋一把火烧光，是可耻的；说农民的幸福感要高于城市居民，说低收入阶层收入的增长速度要高于高收入阶层，说无产阶级就是要甘于贫困而“先让全人类富起来”，也是可耻的。

补记：

《论语·泰伯》记孔子言曰：“邦有道，贫且贱焉，耻也；邦无道，富且贵焉，耻也。”前一句可以理解为鼓励健康社会中的个人奋斗，“富裕中的贫困”，耻也；后一句则可以理解为批判腐败社会中的发财致富，“贫困中的富裕”，亦耻也。

我们都是河南人

在中国，河南人已成为假冒伪劣的歧视性代号；而曾几何时，在西方世界，中国人也成了劣质商品的象征，以至于有欧洲人申请注册“非中国制造”的商标。中国人在国际的形象，亦如河南人在国内的形象；我们怎么笑话河南人，外国人也怎么歧视我们。

河南人不过是所有中国人的缩影。我们都是河南人。

河南人是从来如此的吗？哲学家冯友兰是河南唐河人，按他的说法，先秦古书凡说到老实人或傻子的故事，总喜欢以“宋人”为代表，如“守株待兔”“揠苗助长”之类；春秋时代的宋国在今河南商丘一带，可见河南人自古就以老实著称。在河南同乡会的场合，冯友兰也时常勉励河南学生要保持他们忠厚的固有品格。

——我们姑且暂时接受冯友兰的证明。但接下来的问题是，自古以来都老实的河南人，怎么就变得这么不老实了呢？

中国人又如何？近人陈季同在《吾国》中指出，在近代以前，中国商人阶层已形成一种深厚的商业道德传统，就连西方人也多称道中国人“在商业交易中带来了一种绝对诚信的风气”“一直遵循着最严格的诚信原则”，甚至认为“中国商人比其他地方的商人可信，甚至比我们的商人可信”；有位英国人还说：“那些曾经与中国人做过大笔生意的商人告诉我，与他们签订的书面协议没有什么用处，口头约定就足够了。在几年中，一文钱也不会少，尽管他们做了几百万两银子的生意。”陈存仁的《银元时代生活史》也提到：“从前上海人的商业道德和往来信用极高，没有什么商业诈欺的事情。……还有一种商业习惯，大家交易全凭信用，不签署什么契约，来来往往，只凭一句话，说出的话，也不需要第三者证明，绝对不会撒赖。这种作风，由来已久，连当时外国人和上海人做交易，不论多大数目，也相信中国人‘一言为定’的商业道德。”陈存仁的回忆，正可与陈季同的引述相印证。

于是，我们不免会产生同样的疑惑：那么坚守诚信的中国人，不到一百年间，为什么竟沦为西方人眼中的专业造假者形象？

小到老实的河南人，大到诚信的中国人，都这样彻底地走向了反面。这表明：形势比人强，当下的环境因素比长远的传统因素更重要，硬性的制度因素比软性的文化因素更关键。由此意义而言，秦晖先生“文化无高下，制度有优劣”的说法，确是一个精辟的概括。

所谓国民性，或者说社会风气，并非总是保守不变，甚至有时是相当投机善变的。大概说来，社会风气的向下堕落是最容易的，而若要长期维持一种良性的社会风气于不坠，则是非常困难的；至于向上改良一种社会风气，当然就难上加难了。——可也并非绝无可能。

在近代西方工业化的过程中，后进的德国人也曾是欧洲的中国人。他们凭借廉价劳动力大量生产价廉而物不美的商品，在1876年费城的世界博览会上，德国产品被总结为一句话："价格便宜而质量低劣"（billig und schlecht）。此后，德国工业界痛下决心，展开声势浩大的提高质量运动，历经几十年，终于使"德国制造"（Made in Germany）由劣质产品的标志，一跃而为优质产品的标志。

有朝一日，"中国制造"也能像"德国制造"那样乌鸡变凤凰吗?

欲赏樱花不自由

看了（2006年）4月4日《南方都市报》，才知道广州广园东路、濂泉路附近，有个前国民政府新一军阵亡将士公墓。名将孙立人所部新一军，当年远征印缅狙击日军，作战勇悍，伤亡惨烈，为中国抗战史上最具光彩的事迹之一。但到如今，原来占地七万多平方米的公墓，已被破坏侵削殆尽，残存的纪念塔已划入某单位大院内，而纪念塔正面更被一家酒店完全遮蔽。二万七千死士，魂兮安归？

3月下旬，武汉大学一千多棵樱花应时盛开，一年一度的樱花节开幕。但因为这些樱花，主要是沦陷时期由日本人所种植，近日就引发了“是耻不是花”的争议，甚至认为应当毁其树，灭其迹，以除国耻云云。

为什么我们的集体记忆，对于千万先烈英灵，会如此健忘，而对于几株东瀛草木，又会如此敏感？

仇日而及于樱花——对一个国族的仇恨，竟转嫁为对一种植物的厌恶。仇恨，就要仇恨所仇恨对象相关联的一切，这是卑微的巫术性心理。想通过消灭樱花，以发泄仇日情绪，这与香港市井师奶的“打小人”有多少分别？

近日翻阅日本名作家芥川龙之介的《中国游记》，里面刚好写到他在中国看到樱花的情形。芥川1921年访华时，应邀到上海一个日本人家里吃饭，其住宅前种着一棵樱花树，同去的另一位日本人就说：“你瞧，樱花开了。”主客都一脸欣喜，“而事实上，这是一枝瘦小的樱树，上面只长了不多的几朵樱花，两位先生为何这么喜形于色呢？”芥川随后在上海多住了一个多月，才发现，原来那里的日本人无不如此，“也不知日本人是什么样的人种。……在国外只要能看见樱花，便会立即感觉到幸福，也不管它是八重樱还是单瓣樱。日本人就是这么一种人。”

将日本的樱花，种在中国的土地上，当然是为了慰藉日本人的爱国之思，怀乡之念。侵略者是可恶的，但侵略者的爱国怀乡之情，并不可恶。“在国外只要能看见樱花，便会立即感觉到幸福”，这样的心理，更是很可同情的。我们不必否认，侵略者也有他们爱国的权利。我们跟日本人的区别，是被侵略者与侵略者的区别，但在爱国方面，我们跟日本人是一样的。我们不正是由于自己的爱国之情，才仇视侵略者的吗？怎么能以爱国的名义，就抹杀他人的爱国，怎么能将对中国的热爱，化作对无辜花木的仇怨？

在抗战后期，美军开始对日本本土狂轰滥炸，建筑史家梁思成——他的妻弟作为飞行员死于对日空战——却向美方建议，要保护日本的古城奈良，“……建筑是社会的缩影，民族的象征，但绝不是某一民族的，而是全人类的结晶。像奈良唐招提寺，是全世界最早的木结构建筑，一旦炸毁，是无法补救的。”

在国恨家仇的年代，在炸弹横飞的地方，梁思成还能为日本人保存了奈良和京都两座世界历史文化名城；而在我们这个太平盛世，这个和谐社会，居然还容不下几棵无知的樱花吗？

补记：

黄遵宪《日本杂事诗》卷二有诗："著手成春任意栽，未花移种到花开。移家家具无多少，却带寒梅百树来。"自注："善于种树，合抱之木，动辄迁植。多有花时移来，花后徙去者。土人移居，遂并其花木竹石一一布置如旧。"妹尾河童的《窥视日本》里有一篇《桦户集治监狱》，是为最早开发北海道的囚犯作不平鸣的，其中说到："北海道本来没有杉树，囚徒们亲手栽种，目的是想舒缓自己的思乡之情吧。"可知爱好花木，将花木一同搬到新居，原是日本人的一种旧习惯。

又，1939年关东军与苏联在诺门罕地区（今内蒙古呼伦贝尔盟新巴尔虎左旗）曾发生一次大战，日军遭致惨败。席慕蓉在《诺门罕战争》一文里提及：当地草原上有一种伊拉冈花，日军称之为"诺门罕樱"。显然，日本人是将伊拉冈花当作樱花的替代品，聊以寄托他们的乡愁了。

笑骂江湖五十年

李敖要来大陆，却先表白："此次到内地不是还乡，没有乡愁；不是近乡，没有情怯。"其实，这是他的老话了。李敖向来自称不愿回大陆，1989年在《冷眼看台湾·自序》里就说："对大陆，我并没有乡愁……大陆对我说来，也是'江湖寥落尔安归'的局面，我喜欢多少大陆，也是可疑的。"直到1999年，李敖首度接受大陆记者采访，仍表示："我有一句名言：重温旧梦就是在破坏旧梦。……为了不破坏我的旧梦、不破坏我与祖国的良好关系，我还是不回去为妙。"

我曾以为，李敖如是说，表明他虽然对台湾说尽了坏话，对大陆说多了好话，可他仍不无分际。他明明清楚：台湾并非一无是处，大陆也非无可非议。

但为何现在又要来？就不怕破坏他的旧梦了吗？还是他已准备收敛锋芒，到什么庙说什么话，也就不会破坏与祖国的良好关系？我恍然，过去恐怕高估了他：也许，他千呼万唤始归来，不过是自高身份，等待一张八抬大轿，等待官方高规格的礼遇和高分贝的掌声，等待北大、清华及复旦三所名校的盛大演讲罢了！

李敖最喜欢自诩是大陆型知识分子："不止台湾出了个李敖，而是中国出了个李敖。李敖是真正大陆型的知识分子，虽然我像拿破仑一样的在厄尔巴岛上、在圣赫勒拿岛上，但我总归是大陆型的人。"但我觉得，他恰恰只是孤岛型知识分子。他又说："台湾还不够格是我的敌人，它太小了。虽然我也以东方朔'恐侏儒'的玩世与愤世跟这个岛周旋，跟这个岛上的恶政与小人周旋……"但我觉得，他恰恰只把台湾当作他的敌人了。

从国民党时代到民进党时代，李敖笑骂江湖五十年，树敌无数，骂街无数，开讼无数，始终陷于世俗人事的纠缠之中，且乐此不疲，因而虚掷了他的天分和学力，使其思想境界也沦落到与他的敌手同样的层次。他自谓著述已达1500万字，超过了梁启超、鲁迅和胡适，可他既无思想上的原创贡献，也乏文学上的超越价值，单纯的数量又有多少意义呢？他在1999年说过："我的思想一百年后也许就落伍了，五百年肯定落伍。文章不一样……我的文章五百年内不会落伍。"可知以李敖之狂，对本人的思想亦不自信，只以文章家自居。实际上他的思想早已不能与时俱进，而他的文章也过于贴近现实，未必能五十年不变，更遑论五百年了。

李敖与台湾的变态政治恶斗不绝，而他自己也无法避免变态政治的毒化。他不能与时俱进，在真正的战斗已终结的时代，仍极力坚持着一个僵硬而空洞的战斗姿态，最终只沦于为反对而反对，使抗争成了甫士，使批判成了作秀，使异见成了谩骂。尽管他成功地在电视时代维系其俗世声名于不坠，却再也无法在文本世界中有所建树。以社会影响而论，李敖固足以在中国文化史占一席之地，但他最可能的角色，我想，将不是思想家，不是学者，甚至也不是作家，——而是一个畸人。

李敖从来都将狂妄当作自己的名片。在《李敖快意恩仇录》书前，有一张李敖照镜的照片，下面写道：“要找我佩服的人，我就照镜子。”可惜他的这种狂，也非个人独创。钱锺书《小说识小》提及明代蔡羽，号易洞，著书作文至得意处，就向镜子自拜其影曰：“易洞先生，尔言何妙。吾今拜先生矣！”这位“易洞先生”不正是李敖的先行者吗？可见以李敖之狂，也不过在中国文化畸人谱中增添一个名字而已。

法国文学家纪德在评论罗曼·罗兰时曾说：“……那些曾经表示其极端伟大的人很少有几个能保持晚节。”我曾借用此语来形容金庸，如今，我认为用此语形容李敖要更为贴切。

为了李敖的过去，本应对他的到来投以鲜花、报以掌声；但为了李敖的现在，我不禁要无礼地投以鸡蛋、报以冷眼了。

明星莫问出处，官员须讲来历

刘亦菲妙龄绝色，演完王语嫣，再扮小龙女，可谓万千宠爱在一身。但最近她的学历受到质疑，指她居美五年即读完八年高中课程，假冒学历考取北京电影学院表演系，云云。——恐怕确有些问题。只是，一个高中学历，有啥好追究的呢？即便是真有高中学历，又何足道哉？

其实学历就在她脸上。她的脸就是学历！金大侠、张大导算得上阅尽人间春色了，连他们都觉得刘亦菲是空前未见的美人儿，还不够吗？

有刘亦菲那样的面孔，学历就不重要了；正如有鲁迅、陈寅恪、郭沫若及钱锺书那样的学问，学历也就不重要了。鲁迅、郭沫若是过去的左翼文化巨擘，都曾留学日本，但都是学医，论文学国学，他们何曾有学历？陈寅恪、钱锺书是当今两大学术偶像，都有留洋经历，可陈寅恪并无任何学位，钱锺书也不过拿过学士学位而已。——杨绛在《记钱锺书与〈围城〉》里，曾称钱锺书拿了牛津大学副博士（B.Litt），并指责“有一位专爱考据的先生，竟推断出钱锺书的学位也靠不住”；可钱锺书的学位确实不尽靠得住，在《记钱锺书与〈围城〉》的新版本里，她已悄悄将“副博士”改作“文学学士”了。杨绛怎么连老公的学位都搞不清楚呢？

谢泳新著《杂书过眼录》有一篇《胡适为什么特别看重“同等学力”？》，专门讨论学历与高校引进人才问题。他举梁漱溟、沈从文为例：梁漱溟考不上北大，蔡元培却聘他当北大哲学系教授；沈从文小学未毕业，胡适却请他任教中国公学。他又指出：“学历是一个社会的常态管理，也是主要管理方式。但一个正常的社会，必须在常态之外给特殊人才留出空间，让那些没有高学历，但在他们所选择的专业上做出了成绩的人，能有更多活动的空间。”娱乐明星与学术大师相去十万八千里，但在学历问题上，不妨相提并论。像刘亦菲这样的“特殊人才”，高中没毕业有啥关系，美人不怕出身低啊！何况她的学历还是比沈从文强得多呀。

当然，话说回来，对“特殊人才”尽可以不讲学历，但对“一般人才”就不能不讲了。问题不在于应不应讲学历，而在于应对哪类人特别讲学历。最需要仔细审查的，是娱乐明星的高中学历，还是政府官员的博士学历？讲学历，不能只追究显性的伪学历，还要追究隐性的伪学历：无学历而假冒有学历，是为显性的伪学历，那只是个别现象，而且也容易查证；但有学历而无学力，则是隐性的伪学历，那才是普遍现象，才最需要深揭狠批。政府官员拿博士学位，不少就属于隐性的伪学历，这是当今官场和学界的怪现状。

就动机而言，提升政府官员的学历有其合理性，问题是如何达成这一目的。按部就班，吸收高学历人才进入官僚体系，当然无可非议；但若急功近利，让官僚体系的在位者速成高学历，就完全是另一回事了。博士从政求官，不是坏事；政府官员读博，却绝非好事。官僚与高校暗通款曲，表面上看是政、学双赢，皆大欢喜，实质上却既无益于政府，更有损于教育——对于官僚体系而言，这实为一种软性的“权力寻租”，只不过政府官员不是通过介入市场以获取经济利益，而是通过介入教育以获取文化资本罢了；对于教育体系而言，这是学术独立原则的沦丧，是学术本位对官本位的迎合，用古代思想史的概念说，就是知识之“道”屈从于权力之“势”。

官员读博成风，似还透露出一个社会学信息：官僚体系的“权力”依旧独尊，但“权威”却已消失于无形；仅有一个官位，尽可以现官现管有权有势，却缺乏社会名誉及形象魅力。因此他们才需要借博士头衔以充门面。套用《围城》里的话，就是：“这一张文凭，仿佛有亚当、夏娃下身那片树叶的功用，可以遮羞包丑；小小一方纸能把一个官僚的空疏、寡陋、愚笨都掩盖起来。自己没有文凭，好像精神上赤条条的，没有包裹。”

明星莫问出处，官员须讲来历。而我们的媒介却正相反，紧紧盯着一个小女子的高中学历，倒轻轻放过大人先生们的博士学历，何厚此而薄彼也？

那些忧伤的老年人

川端康成有一篇题材异端的小说《睡美人》，写某旅馆秘密提供特殊的色情服务，让美少女服食药物后裸身沉睡，任由性无能的老年人观赏狎玩。

为什么要睡美人？“……能够躺在这样的姑娘身边，当然是世上最大的乐事了。由于姑娘不会醒来，也不会让老人产生衰老的自卑感，所以才能够面对这个姑娘自由地去做无限的遐想和追忆吧。宁愿付出比醒着的女人更多的价钱也在所不惜，原因就在此吧？姑娘不会知道同她睡觉的老人是谁，这也就让老人放心了。”“到这里来的许多老人，虽然无法把女人当女人对待，但仍常常来。跟如此年轻的少女同眠，目的只是为了回忆过去生命中的快乐，聊以自慰。……有的老人也许暗暗地希望永远睡在少女身旁吧？年轻少女的身体引诱着老人死去的心，似很可怜。……许多老人只是为了感染睡美人的青春气息，或是单纯为了玩弄睡美人。”

老年人的色欲是猥琐的，甚至是丑陋的，正如川端在小说里说：“还有比在一直昏睡的姑娘身旁过夜的老人更丑陋的吗？”

“姑娘的纯洁又反衬了老人的丑陋。”但唯其如此，老人的色欲也是可悲可悯的。

报端偶有花边新闻，指公园里时有大龄女青年或半老徐娘花枝招展，四处勾搭退休老翁，云云。那些色心不死的“老咸虫”，与其说可厌，不如说可怜吧。他们，也许是无所慰藉的孤寡老人；她们，也许是经济困窘的下岗女工……那应是最低消费的性服务了。那是多么卑微的嫖客和妓女啊！

老年人固然已“没办法”了，但谁能说他们就不能“有想法”呢？壮年人有色心是天经地义，老年人有绮念也属人之常情。西谚有言：“无论什么年纪的男人，都喜欢年轻的女人。”壮男可以寻花问柳，衰翁就不能临老入花丛？从此角度而言，杨振宁人老心雄，可以理解，可以同情。从古至今，老牛吃嫩草者多如车载斗量，杨振宁的欲望也是许多老年人的欲望；一树梨花压海棠，如果是错，那也不是杨振宁一人的错。你情我愿，非奸非盗，旁人无可指摘。

可是，唯有一点拜托杨老先生，请不要说你“岁数上已经年老，但精神上还保持年轻。这也是翁帆觉得他有吸引力的部分原因”——世上所有八旬老翁在精神上都是年轻的！在男女问题上，还是好色客李敖说得直截：“这是任何一个82岁男人都会有的愿望。”（这倒跟成龙的名言“这是所有男人都会犯的错误”相映成趣）杨振宁跟其他老翁的区别，不在于他有年轻的心灵能够吸引着她，而在于她有年轻的身体甘愿奉献给他。

关于杨翁恋，媒体似乎一片肉麻的叫好声。《羊城晚报》时评称：“首先震撼于大师身上散发着的人性化光辉和超越世俗的勇气……我们这个时代并不缺少忘年之恋，可那些泛滥的忘年之恋是由什么连结起来的呢？其中充满了金钱的狂妄和恶俗的横行。……杨翁的忘年之恋让我们在污浊之气中嗅到一丝清新。”《南方都市报》社论的思路大同小异：“以前经媒体披露，双方年龄差距悬殊的婚恋，男的多半是富翁，他们的婚姻往往夹杂着财富的因素，很难说源于真正的爱情……杨振宁还以他的奇遇向我们重申了什么是真正的爱情——真正的爱情超越文化、国别和年龄的限制，他只服从于当事人自己的心灵。”

——同样是老少配，何以嫁给富翁就是“金钱的狂妄和恶俗的横行”，嫁给科学家就是“真正的爱情”？为了名望而嫁人，比之为了财富而嫁人，就一下高尚这么多？其实，杨振宁的婚姻不过跟人间所有婚姻一般世俗，即使不低于其他婚姻，也不高于其他婚姻，我们何前倨而后恭，薄彼而厚此？

伟人之为伟人，只在某些事情是伟大的，绝非事事伟大。在情感方面，伟人无异于凡夫俗子，爱情中的伟人并不是伟人。爱情与相爱者的身份无关，爱情并不因为是伟人的爱情就变得超凡脱俗。爱情面前人人平等，诺贝尔奖获得者的精神境界未必就比普通人更高尚，诺贝尔奖获得者的婚恋未必就比其他老人的婚恋更纯洁，我们实在无须将诺贝尔奖的光环笼罩在诺贝尔奖获得者的婚姻上。

补记：

邓之诚在日记中述老翁娶妻事，涉及当世名流之私云：“齐白石九十六，或曰九十一，未知其果若干岁，眷一女，以之为助教，朝夕相共，甚乐也。去年，政府为齐置大宅，不令女同居，齐甚思之，力请于政府，始得归，调停者遂令两处分住。……陈垣年七十七，与女门生刘乃和朝夕不离。其房老一怒而走天津矣。陈每出，刘必随之，政府所命也，皆扬扬有得色。陈寅恪年六十八，已瞽，日与病妻相对，则嘱助教为代辑柳如是事，以寄遐思。……古者七十行役，必以妇人，匪曰优老，亦顺人情，知老人未能忘情也。”（《邓之诚文史札记》，凤凰出版社2012年版，下册第957—958页）

从郑家栋事件看国学热

郑家栋涉嫌“人口走私”，日前被刑事拘留。此事件最值得关注之处，是郑的身份：他不是一般普罗大众，而是哲学教授；还不是一般的哲学教授，而是以新儒学研究闻名的教授。

一个新儒学专家，知而不行，学而无耻，不仅违法，兼且失德，则读圣贤书，所为何事？郑家栋事件是一记清脆响亮的耳光，打在知识分子的脸上，打在儒家思想的脸上，也打在国学的脸上。

郑家栋事件提供了一个最新例证：国学（以儒学为主流）研讨，既不足以内在提高个人的伦理意识，更不能外在规范个人的道德实践。撰写、主编了十数种儒学著作，并不影响郑家栋“利用访问美国的机会，几乎每次都同时申请一个‘妻子’同往，然后‘妻子’滞留美国不归，先后有6个‘妻子’之多”；正如以高深莫测的“天地境界”哲学自我期许，也无碍于冯友兰在思想上趋时媚俗，在政治上同流合污；正如具备中国传统文化艺术的精深修为，也不能使康生在权力斗争中变得温柔敦厚，他对古典的迷恋，反而更异化为对公私文物的贪婪占有。

当然，平情而论，不仅国学如此，一般的哲学玄学，文学艺术，在道德实践上也同样苍白无力。海德格尔被视作20世纪最伟大的哲学巨匠，可他的形而上学殊不足以使他拒绝纳粹主义的诱引。张闳在《搬起萨特砸自己的脚》一文里提及：80年代初，曾有一位酷爱萨特哲学的大学生冯大兴因杀人罪被判死刑，当时报道称："诱使其堕落的除了受资产阶级生活方式的腐蚀之外，还有就是他对萨特哲学的信奉。"——将杀人归罪于哲学，固然张大其辞；但另一方面，至少表明哲学也并不妨碍杀人夺命。（直到2004年3月，广西打工仔覃某，仅因琐事而杀人报复，他在逃亡之际，也仍带着一本厚厚的哲学专著。）据说在上海一次扫黄行动中，警方从一妓女手袋中搜出三件物事：口红、避孕套和《文化苦旅》，批评家朱大可由此将余秋雨散文称为"文化口红"和"文化避孕套"。——性工作者爱读《文化苦旅》，并不能作为余秋雨散文低俗的论据；但至少表明，《文化苦旅》也不能令风月佳人回头是岸，跳出风尘苦旅。在《辛德勒的名单》里，爱乐的德国军官不也仍旧无情地屠戮犹太人吗？

因此，不论本土的国学，或是外域的哲学，都无法承担道德救世的责任。至于促进民族主义、增强政治团结之类的宏大目标，就更是国学不能承受之重了。

以郑家栋事件为视角，可以对当前的国学热有一个简单直截的判断：倡导国学，假若目标限于强化知识界的专业学术水准，或增进大众的古典人文素养，那也不无微劳；但若想藉此提升国民道德或复兴社会信仰，则不仅徒劳无功，更会使国学变成思想上的行尸走肉，教育上的土龙木偶；假如欲图将国学作为意识形态，作为“盛世”图腾，那么国学也就更不成其为国学，而沦为花瓶式的文化赝品。须知道，以国学救济道德，并不能真正救济道德，反而更证明了道德的破产；以国学装饰政治，并不能真正美化政治，反而更证明了政治的困境。

国学，一旦当作一种手腕，一种工具，为世态作粉饰，为治道作点缀，那它就真的像余秋雨散文一般，成为我们时代的“文化口红”了。

补记：

必须承认，从个人层面上看，儒学在中国历史上是有其道德教化作用的，举出信奉儒学且身体力行的例子并不困难（正如举出阳奉阴违的例子也很容易）；但从集体层面看，也就是社会学的层面看，儒学在历史上的道德教化作用就很可怀疑了——儒学并不足以使士大夫阶层的道德水平有明显的提升，经过理学长期熏陶的宋明知识分子，其道德水平又何曾比宋明以前的知识分子更高呢？因此，儒学在个体层面的局部效果，绝不代表它在集体层面的整体效果。

即使没有“儒学”，中国古代社会必然也会创造出另一种道德规范体系，儒学并没有道德上的绝对或特殊的优越性。

由积极意义而言，郑家栋之所以有那样的行为，当然与儒学无关；但由消极意义而言，郑家栋之所以无法避免那样的行为，就不能说跟儒学全无干系了。易言之，从法律的角度，郑家栋的行为是个人问题，跟他知识分子的身份无关，跟他儒学专家的身份无关，儒学确不需要为他的行为负责，儒学是无罪的；但从教育的角度，郑家栋能知而不能行，知识无法转化为实践，儒学显然没有对他起到积极的道德教化作用，儒学又是无能的。因此，在郑家栋事件中，儒学无罪而有责。

此外，当代新儒学家关于郑家栋事件的说辞，与他们原来对儒学思想的鼓吹，也是自相矛盾的。按照他们原来的主张，如果儒学思想能够在积极意义上提升人的道德，那么，长期在儒学思想中讨生活的郑家栋，又何以会做出那么不名誉不道德的行径呢？反过来，按照他们对郑家栋事件的评论，如果郑家栋事件只是个人行为，只是私人事件，完全与儒学思想无关，那么，仅仅作为一种纯粹学问、无关乎道德实践的儒学思想，又怎么足以起到教化大众、提升道德的功用呢？

假如孙东东是对的

对孙东东的言论作道德讨伐，已经够多了。可是，他那些霸道的话里，是不是也透露出一些合理的东西呢？

他说："对那些老上访专业户，我负责任地说，不说100%吧，至少99%以上精神有问题——都是偏执型精神障碍。"简单地说就是：上访者都是偏执狂。但我们不妨换一个角度表述：只有偏执狂才会上访。这是不是也有些道理？

上访是多艰难的事啊，对己，要付出不可计算的经济成本和时间成本；对外，要冲破"有关部门"层层的围追堵截……若不是偏执，若没有点精神障碍，谁受得了啊？

——假如孙东东所言属实，假如上访者，至少那些上访专业户，确实都是"偏执型精神障碍"，反倒最有力地证明了，上访是怎样的一条畏途；那也就意味着，还有更多的正常人，更多没有偏执没有障碍的人，他们无论有多少冤屈，无论如何投诉无门，也只是打落门牙和血吞，而不愿意做一个上访者。上访者不过是受害群体的冰山一角，那些想上访而不敢上访的人，才是"沉默的大多数"。上访者固然暴露出很多问题，但上访者背后的沉默群体，却隐藏了更大数量更大范围的问题。

孙东东代表了御用社会科学家的极端，他想为自上而下所有地方政府卸责，想彻底抹杀上访者的问题，想将所有问题归结于上访者自身；可实际上，他一不小心，从反面透露出比上访还要大的问题。

在上访者的背后，还有更多未上访者的冤屈；在偏执狂的背后，还有更多非偏执狂的愤怒。

知识的傲慢与偏见

郭宇宽先生将孙东东的问题，乃至当代知识界的问题，归结为逻辑启蒙的缺乏。我觉得，对于逻辑的作用，对于“深刻的思维方法”的作用，他未免太过乐观了；归根到底，可以说他对知识的作用太过乐观了。

岂不见20世纪中外最有思辨能力的几个哲学头脑，海德格尔在政治上拥抱纳粹主义，冯友兰、金岳霖轻易地向官方哲学缴械，萨特也迷惑于“知识分子的鸦片”，“深刻的思维方法”又能顶什么用?

就说郭先生特别点名的金岳霖吧。他被公认为现代中国逻辑学的奠基人，甚至有“金逻辑”之称；可是，1949年以后，他偏偏对自己的逻辑体系抛弃得最坚决，对马克思主义接受得最迅速。在1952年清华的思想改造中，他的思想检查赢得了“群众热烈欢迎”；相比之下，冯友兰多次检查仍未获通过，领导批评他“不老实交待”。金比冯更长于逻辑，可他在知识上的见风使舵倒比冯来得更利落呢。

金岳霖有两位最出名的弟子，一是殷海光，一是王浩。王浩长期执教美国，在数理逻辑方面有重要贡献，但却是海外有名的左派，1972年回国访问，写了一篇《中国之行的几点观感》，挖空心思地歌颂“文革”时期的大陆社会。对国敝民穷的现实一叶障目，逻辑又有何用？相反，在台湾坚持自由主义的殷海光，在逻辑方面其实并不精深，王浩对他的评价，不过是“对逻辑格格不入，但是喜欢宣传逻辑”而已。

我相信，没有任何一种知识，一种逻辑，一种“深刻的思维方法”，可以先天地避免权势的侵蚀。能够抵制权势的，从来都不是人所拥有的知识，而是拥有知识的人——是人的自身，是他的意志，理想，生气，豪情，骄傲，尊严……知识或者逻辑，终究是要通过人才能起作用的。

但因为郭君这篇文章，我想到了孙东东的真正问题所在：不是逻辑的匮乏，而是知识的傲慢。

作为精神病学家，作为司法鉴定权威，作为国家卫生部专家委员，孙东东居高临下，以一种膨胀的知识优越感，一种绝对化的家长式心理，轻蔑地给上访者贴上歧视的标签，是十足的理性傲慢。他缺少的不是知识，也不是逻辑，而是人情，是人味。他的所谓“负责任”的言辞里，透露出一种哈耶克所说的“致命的自负”；在所谓“把他们送到医院就是最大的保障”的结论背后，甚至回荡着一个“古拉格”的幽灵。

知识并不能机械地解决一切问题，不能自动地使人类导向文明和进步。知识也不足以让我们面对强势者的时候保持浩然之气，相反，却可能让我们面对弱势者的时候变得盛气凌人。知识本身是中性的，可以为善，也可以为恶；可以成为权力的异端，也可以成为权力的同谋——这取决于掌握知识、守护知识的人。因此，掌握了知识、守护着知识的人应当始终保持警惕：任何的知识都有其政治限度，有其道德边界；理性的滥用，比之理性的匮乏更为危险。不要因为拥有了作为工具的知识，就放弃了作为人的情感和责任。

孙东东事件给了我们一个警醒：滥用知识是危险的，做一个知识分子也是危险的，知识分子也可能变成过街老鼠，人人喊打。

那么，我对知识分子太过悲观了吗？不是的。

正因为权力和市场的腐蚀力量是如此巨大，正因为保持知识的尊严是如此艰难，正因为知识分子其实是一个危机四伏的职业，正因如此——做一个真正的知识分子，才是光荣和骄傲的。

与秋风先生论曹操问题

秋风先生是我很赞赏的一位译人，在当代，我觉得他和冯克利两位，都堪称有思想有学识的译人，殊为不易。但日前看到秋风写的那篇《曹操是中国文化的罪人》，初感愕然，继觉遗憾，有不能已于言者。

秋风此文，完全假借陈寅恪《书世说新语文学类锺会撰四本论始毕条后》一文立论，陈先生自己的论断是："夫曹孟德者，旷世之枭杰也。其在汉末，欲取刘氏之皇位而代之，则必先摧破其劲敌士大夫阶层精神上之堡垒，即汉代传统之儒家思想，然后可以成功。"而陈的真正用意，并非对曹操作道德批判，而是揭示曹、司马两大势力的政治社会背景："魏为东汉内廷阉宦阶级之代表，晋则外廷士大夫阶级之代表。故魏、晋之兴亡递嬗乃东汉晚年两统治阶级之竞争胜败问题。自来史家惟以曹魏、司马晋两姓之关系目之，殊未尽史事之真相也。"但秋风据此，竟称陈寅恪认为"曹操是中国文化的罪人"，纯属拉大旗作虎皮，可谓厚诬陈先生了！

再则，陈文实作于1953年，其基本见解近则承自1949年的

《崔浩与寇谦之》一文，远则承自1941年的《唐代政治史述论稿》一书；而毛泽东公开表示“曹操是代表进步一方的，汉是没落的”是在1957年（见《毛泽东著作专题摘编》，中央文献出版社2003年版，下册第2284页），至于郭沫若、翦伯赞等史学大老为曹操翻案，则更要晚至1959年（见《曹操论集》，三联书店1960年版）。如此，秋风指陈寅恪是针对为曹操翻案之说，才“在此时郑重撰文宣告，曹操是中国文化的罪人，先生风骨由此可见一斑”，也就完全落空了。

本来，中国历史问题并非秋风治学的重心，出现这些错讹可以不必深责，问题是这一败笔殊非偶然。我过去读他的论文集《立宪的技艺》有一印象：他在思想上可谓是完全的哈耶克主义者，无论讨论何种问题，必戴上哈耶克的眼镜，言必称“自发秩序”或“传统”。由书中《经过哈耶克重新发现和转化传统》一篇，可见他跟林毓生一般，其于中国文化传统的重视，系由西方的抽象理论出发，而非源自知识素养与文化趣味上的真正认同或欣赏。于是，他往往教条地以哈耶克理念处理中国文化问题，凡是传统即好——所以前几年他要支持所谓“读经运动”，凡是反传统即坏——所以现在他又要攻讦破坏士大夫传统的曹操。由尊重传统的观念出发，终得出如此不尊重传统的结论，又何其吊诡。

是曹操为奸，司马懿为忠？是代表阉宦阶级的曹魏为恶，代表士大夫阶级的司马晋为善？千古之下，又岂易断言呢。而且，魏晋去今已远，曹操在政治上的是非功罪，实已无关于我们今日所知所存的“中国文化”。——不论曹操是不是汉晋士大夫阶级的罪人，仅凭他流传至今的十数首古诗，就已堪称中国文化的巨人！

我个人觉得，时下不少宣扬传统文化者，自身实欠缺传统文化素养，仍不过叶公好龙耳。尊重传统，首先应学会欣赏传统。我想，一个中国传统文化的欣赏者，一个对传统文化抱有“了解之同情”者，不应当说出“曹操是中国文化的罪人”这么轻率的话。

学术嘉宾的跨国界交际

大家知道，过去中国人以天朝上国自居，强调华夷之别，觉得自己高人一等；但另一方面，他们对外夷却有一种特殊的重视，一旦外国人来华，就觉得那是“远夷向化来朝”，倍有面子。当清朝处于最强盛的时代，雄才大略的康熙，好大喜功的乾隆，都有这种政治虚荣心。

可是，洋鬼子也未尝没有类似的虚荣心呢。近日看斯特莱切有名的《维多利亚女王传》，有一段说到，1851年，伦敦举行万国博览会（也就是历史上第一届世博会啦），英女王维多利亚无比兴奋地主持开幕礼，当时出现了一个插曲：“一个中国人，穿了全副国服，进入本堂的中央，慢吞吞走向女王他们去，向陛下行礼。女王，很感动，一点也不怀疑，认他是一个大官；到列队巡行的时候，上边命令说，因为‘天朝’没有代表到场，应把他列入外交人员队。因此他极其庄重地紧跟在大使们背后。后来他不见了，下流人中谣传他不是什么官，只是一个骗子罢了。可是从没有人真正知道那张黄面孔无比的泰然自若里潜伏的什么诠释。”这就说明，英女王看到远自“天朝”来到大英帝国参加盛典的黄面孔（哪怕他来历不明），也跟我们的康熙、乾隆看到“远夷”来华朝拜（哪怕他们不愿下跪）一样地洋洋得意。“万国衣冠拜冕旒”的政治盛典，中国人喜欢，外国佬也喜欢，东海西海，心理攸同也。

我又想到：这种心理，在政治上固然普遍，但在学术上不也常见吗？

在当今国际学术界，西方，尤其美国，无疑处于强势；而中国，无疑处于弱势。显而易见，弱势的中国学界，当然渴望西方学界的代表来我们这里亮相——无论是采取执教、来访、参加研讨会或是在中文刊物发表论文之类的形式，以彰显“走向世界”的学术形象；而强势的西方学界那边呢，也同样需要非西方的学界代表到他们那里亮相，以彰显全球化时代的学术姿态。尤其是后现代主义学术圈，似乎更需要非白种面孔的参与，以昭示其“政治正确”，并由此组成后殖民时代的国际大合唱。反正他们彼此需要的只是礼尚往来，是在对方的学术骚中扮演神秘嘉宾，至于他们真正的学术底细，也就无关紧要了。

由此我们就不难理解，汪晖，作为一个远未在国内学界占据经典地位的人，为什么会赢得那么多洋鬼子的热情拥抱，为什么会显得似乎具有了“国际学者”的地位。——在没有“天朝”代表到场的学术世博会上，汪晖就是那个向英女王敬礼的中国人；尽管他身份可疑，但那些西方学术蛋头们，也跟英女王一样，“很感动，一点也不怀疑，认他是一个学术大家”，如此而已。

我的这点感想，是由王彬彬先生的《学术利益的跨国界交换》一文引出来的。王文颇能切中当前中国学界之病，但我觉得，中外学界之间，未必都是赤裸裸的学术资本和利益的交换，恐怕更常见的，是一种礼仪性（礼貌性）的学术外交。故剽窃王先生的题目，撰此短文，聊作补充。

辑三

读《知识分子的背叛》眉批

读朱利安·班达的《知识分子的背叛》（有孙传钊、余碧平两种译本），最好以他的同胞雷蒙·阿隆的《知识分子的鸦片》作为参照。

20世纪20年代，法国思想界左右分裂，右翼思潮盛极一时，知识分子纷纷向右走，崇拜意大利、德国的法西斯主义，于是就有了班达激情洋溢的鞭挞之作《知识分子的背叛》；到了50年代，左翼思潮在法国占据压倒性的强势，知识分子一致向左走，以莫斯科为圣地，以斯大林为教父，于是又有雷蒙·阿隆反戈一击的《知识分子的鸦片》。

班达指出，近世以来，政治激情——包括种族激情、阶级激情和民族激情——已达到历史上的登峰造极，20世纪成了“政治仇恨的理性组织化”的世纪，“爱国主义今日沦为了对一种精神形式反对其他精神形式的肯定”；在这股泥沙俱下的政治巨流的裹挟下，作为“人格自由价值的承担者”，知识分子却背叛了自身使命，背叛其独立精神及理想价值，取媚权势，迎合世俗，狂热地鼓吹民族仇恨、煽动对外战争，自觉地充当政治激情的传声筒，此之谓“知识分子的背叛”。

班达当时指责知识分子陷于右翼的政治激情之中，而阿隆后来则批判知识分子陷于左翼的政治神话之中。班达抨击的对象是民族、阶级和种族的激情，而实以民族激情为主，也即通俗所谓民族主义和爱国主义；阿隆抨击的是斯大林主义的阶级斗争神话，也即班达所称的阶级激情。民族激情，阶级激情，分别是他们两人所处时代最主要的精神危险；二者皆诉诸集体狂热和领袖崇拜，不约而同地造成一人之下万众欢呼的宏大场景，也使得知识分子随波逐流，甚而煽风点火。尽管时代气候前后不同，思潮背景左右各异，但作为知识分子，他们对自身立场的“背叛”则同；故批判左派的《知识分子的鸦片》，仍被视为批判右派的《知识分子的背叛》之续，良有以也。

拒绝政治，坚持理性；拒绝现实，坚持理想；拒绝实践，坚持思辨。这就是班达的思想主旨。马克思说：“哲学家们只是用不同的方式解释世界，问题在于改变世界。”班达则反其意而言：“知识分子的作用不是去改变世界，而是忠实于理想。”也就是说，他根本反对知识分子对现实政治的“介入”，“介入”即“背叛”。这与萨特完全“介入现实”的态度正成逆反。——事实上，以萨特为代表的那一代左派知识分子，比之班达所讨伐的20年代右派知识分子，是更极端的“介入”，是更巅峰的“背叛”；因此，《知识分子的背叛》一书，也可以是对萨特式“介入的知识分子”的预见性批判。

就知识分子与现实政治的关系而言，班达拒绝任何“介入”，而萨特要求彻底“介入”，二者各趋极端；或许取其中道，如阿隆那样作为“介入的旁观者”，要最为得当。

对于当下的中国知识界，当然需要《知识分子的鸦片》作为补课，借此清理现代以来的左翼政治神话；但同样需要《知识分子的背叛》作为镜鉴，以警惕已经兴起的民族主义激情。在阶级激情已死、民族激情方生的此时此刻，《知识分子的鸦片》是一本迟到的书，而《知识分子的背叛》却恰逢其时。

《知识分子的背叛》对人类社会及历史有总揽全局之概，是19世纪以前写作风格的余裔；而在今天，知识积累已经沉重得压倒了思想创新，博士论文式的著述已成学术主流，班达这样指点江山的大手笔，当然早成绝响了。

《1984》二题

作为危言的《1984》

在私下里，传播学思想怪杰麦克卢汉对奥威尔曾有激烈得出奇的贬斥。他在1951年1月写给美国诗人埃兹拉·庞德的信中说："……乔治·奥维尔之类的笨蛋有一个问题，他们讥讽50年前发生的事情，把它当作对未来的威胁！"（［加］梅蒂·莫利纳罗、科琳·麦克卢汉、威廉·托伊编《麦克卢汉书简》，何道宽、仲冬译，中国人民大学出版社2005年版，第252页）1970年6月给其助手及友人J.G.基奥的信又说："我一直认为，奥维尔是彻头彻尾的傻瓜，在所有问题上他都缺乏感知和理解。他评论的政坛是老掉牙的事情。"（同上，第473页）

在《麦克林》杂志1977年的访谈录中，麦克卢汉的批评总算温和了许多："《一九八四》根本就不是预言，它是怀旧，怀念1934年。一切乌托邦都是后视镜……是'新预言家'，老天知道是《时代》杂志。奥维尔把那些事情推向紧张的氛围之中，然后说这就是未来。"（同上，第252页［注释］）

麦克卢汉批评奥威尔将过去时当作将来时，将回忆录当作启示录，实为无的放矢。因为在本质上，《1984》本来就不是真正的预言。

奥威尔1949年6月在回复工人F.A.亨生的信中谈及《1984》："我最近出版的这部小说并不是要攻击社会主义或者英国工党（我还是工党的一个支持者），而是为了揭露由经济集中而导致的集权主义和法西斯主义所带来的堕落。我并不相信我在书中所描述的社会必定会到来，但是，我相信某些与其相似的事情可能会发生。我还相信，集权主义思想已经在每一个地方的知识分子心中扎下了根，我试图从这些集权主义思想出发，通过逻辑推理，引出其发展下去的必然结果。我把故事发生的场景放在英国，是为了强调说英语的人种并不是天生就比其他人更好，假如不向集权主义宣战的话，集权主义在任何一个地方都可能取得胜利。"（《奥威尔书信选》，甘险峰译，贵州人民出版社2001年版，第444页）他并不认为"1984"必将出现。对于麦克卢汉的责难，奥威尔在此，已经漂亮地预先作了答辩。

将《1984》的年代定在1984，并非刻意而为，只是将写作时的"1948"颠倒为"1984"而已。《1984》绝非一个准确的预告，而是一个响亮的警告——奥威尔显然并不真的以为，他的英格兰到1984年就会沦为极权主义，他只是大声疾呼：极权主义可能在任何地方、任何时候产生。换句话说，《1984》并非关于未来英国的预言，而是关于当代世界的危言；与其将它当作将来时的幻想小说，不如将它视为现在时的批判小说。将《1984》当成认真的政治预测，那才是笨蛋。

其实，早在战时的1941年，奥威尔已在《文学与极权主义》的广播中表示：“……自由资本主义显然已快到了尽头，因此，我很可能似乎在说思想自由也不可避免地注定要完蛋了。但是我不相信会这样，我在最后要简单地说，我相信文学能生存下去的希望在那些自由主义根深蒂固的国家，非黩武的国家，西欧和美洲各国，印度和中国。我相信——也许这不过是虔诚的希望——虽然集体化的经济一定会出现，但这些国家会知道如何发展一种不是极权主义的社会主义形式，在经济个人主义消失以后，思想自由仍能维持下去。”（董乐山编《奥威尔文集》，中国广播电视出版社1997年版，第137页）哈耶克相信，计划经济是“到奴役之路”；相比之下，奥威尔倒比哈耶克更乐观些，他觉得“集体化的经济”未必会消灭思想自由。奥威尔想象的未来，实际上并没有《1984》那么灰暗。

作为典故的“1984”

“1984”，作为一个年份，已成了指代极权主义的符号；一提到“1984”，我们就会联想到极权主义及其相关的一切……它已成为现代文学史和思想史上的西洋典故了。

在现实中的1984年，“1984”作为典故，曾被颠覆性地运用于苹果电脑广告之中。电视广告就像一出情景短剧：独裁者通过巨大的电子屏幕，正向大厅中千人一面的群众作长篇报告，“在历史长河中，我们第一次创造了……纯洁的意识形态的花园……”这时，一名年轻女子冲入大厅，挥舞巨锤砸向屏幕，屏幕轰然粉碎，独裁者也灰飞烟灭……然后推出旁白：“苹果牌计算机公司将介绍麦金塔什机。那时，你会看到为什么1984年不像‘1984’。”（据［美］詹姆斯·B.特威切尔《震撼世界的20例广告》，傅新营、蔚然译，上海人民出版社2003年版，第146—147页）——在这里，“1984”不再是极权主义永久的纪元，而成了极权主义终结的时刻。

不过，对“1984”的解构，苹果电脑广告还不算是始作俑者。

1969年，苏联的持不同政见者安·阿马利里克写过一篇政治论文，题为《苏联能生存到1984年吗？》（张开译，收入《苏联持不同政见者论文选译》，外文出版局《编译参考》编辑部1980年编印）。不妨说，这是一篇《反1984》——《1984》假想英国到1984年将陷入牢笼，而《苏联能生存到1984年吗？》则估计苏联到1984年将走向崩溃；一个是对极权主义潜在危险的警示，一个是对极权主义制度前景的洞见。这样，阿马利里克就已倒转了“1984”的本义，它不再代表阴暗，而是代表阴暗的结束。

关于阿马利里克其人其书，波兰裔诗人米沃什在《米沃什词典》中有专门回忆：“我知道只有两个人坚信苏联的绝对统治即将崩溃，不是在什么未来的某一天，而是再过十年，或者顶多再过十五年。这两人中的一个就是安德列依·阿玛瑞克。……阿玛瑞克的预言后来成真，只在时间上有几年出入。自然，我们今天对其预言的理解与那时有所不同，那时，阿玛瑞克的预言会被理智地怀疑为不负责任的胡言乱语。作为其同代人中的异类，他一直被比作曾被沙皇尼古拉一世判决为疯人的皮奥托·查代夫。

就像后来被证明的那样，阿玛瑞克的判断尽管极端，却绝对清醒。……他是从下述情况侦察到苏联即将垮台和即将丧失其恐怖收益（两德将要合并，东欧国家将获得独立）的征兆的，即‘社会中层’的思想僵化或官僚主义，使得他们无能做出明智、大胆的决策。他预计他们会仅仅出于害怕失去权力的心理才做出许多决策。一般而言，阅读阿玛瑞克使我们认识到苏联倒台的原因之复杂。关于这一点人们现在讨论起来无休无止，但全是事后英雄，而他却是先知先觉。……然而他所开列导致苏联垮台这一事件的原因仍显不足，完全不可能发生的事情发生在我们面前。”（西川、北塔译，三联书店2004年版，第18—20页）

但阿马利里克当时并没有看过《1984》，他在《苏联能生存到1984年吗？》的脚注中说明：“起初我打算采用的标题是《苏联能生存到1980年吗？》，因为我认为1980年是最临近的、现实的整数日期。……但是，一位研究中国古代思想的专家，同时又是英国现代文学的崇拜者建议我把1980年改为1984年。我欣然作了这一改动。”（《苏联持不同政见者论文选译》，第398—399页）

关于这一细节，美国的俄罗斯文学专家西德尼·莫纳斯，在1992年“知识分子与中欧与东欧社会变革”座谈会上也谈到过：“……他是一个富有才能和先知气质的作家，现在太过容易地被忘却了。在1968年（按：应是1969年）他写了一本叫做《苏联会存在到1984年吗？》的小册子，它以地下出版形式流传，后来在国外出版。他当时没有读过奥威尔；他的书名中的日期是阿马尔里克的友人，读过那本书的维塔利·卢宾建议的。尽管它无意充当任何一种精确的预言，事后表明阿马尔里克只有七年的偏差。他书中的一切——它对社会构成，对文化与意识形态的角色，尤其是对干部的不牢固性的精明分析，是极具先见而雄辩的。……我们的西方克里姆林专家，或者说在这个问题上中央情报局的研究者们，没有一人预见到了阿马尔里克以他震颤的触角和微妙的文学敏感性，以及真正诗意的洞见所清楚地看到的——克里姆林巨人的泥足。”（杨青译《流亡者的诗歌》，原载美国《党派评论》1992年第4期，收入《倾向》1996年春总第6期）

《1984》应当铭记，《苏联能生存到1984年吗？》也不应当被遗忘。

人文视野中的《技术史》

《老子》有谓："天地不仁，以万物为刍狗；圣人不仁，以百姓为刍狗。"所谓"刍狗"，即结草为狗，仅供祭祀之用，用后即弃。技术就是文明的刍狗。

技术是塑造我们文明和生活最重要的元素。当一种技术应时得令，它是最"有用"的事物，日用而不可或缺；而一旦推陈出新，有新技术取而代之，则旧技术即弃如刍狗，被扫入历史的垃圾堆。我们其实最珍宠那些"无用"的事物，而最冷落那些"有用"的事物——文学艺术越古老，我们就越是一唱三叹：而科学技术越古老，就越是无人喝彩了。相对于文学史和艺术史而言，科学史和技术史从来都是最寂寞的工作。

因此，无论是题材、篇幅或价格，这套洋洋大观的《技术史》，都非一般知识分子所能问津。尽管如此，作为出版数十年"迄今未遇到竞争对手"的鸿篇巨制，我们可以不阅读它，却不应不知道它。

英国牛津大学出版社原版、上海科技教育出版社中译的《技术史》，精装十六开，共分七大卷：

第一卷：远古至古代帝国衰落（史前至公元前500年左右）

第二卷：地中海文明与中世纪（约公元前700年至约公元1500年）

第三卷：文艺复兴至工业革命（约1500年至约1750年）

第四卷：工业革命（约1750年至约1850年）

第五卷：19世纪下半叶（约1850年至约1900年）

第六卷：20世纪（约1900年至约1950年）上

第七卷：20世纪（约1900年至约1950年）下

从古至今，自东徂西，由巨而微，包罗万有，穷究天人，实为空前的综合技术史。在科技领域，这显然是自李约瑟《中国科学技术史》（台湾译本作《中国之科学与文明》）以来汉语学术界最大的翻译工程。这套巨著，也许比任何一部文明史，甚至任何一本著作，都更全面、更具体、更细致地描述出人类的物质文明和生活方式如何一点一滴进化到今天的历程。

从中可以了解到，我们的文明和生活中几乎每一种用品，每一样技能，庞大者如轮船，细小者如鱼钩，高端者如火箭，日常者如木桶，背后无不经历长期的历史磨合及繁琐的经验积累。技术史可能最容易让我们产生一种对知识的敬畏感：每一项发明，无论如何琐屑，都是无数人智力心血的结晶，都是所谓“试错法”——经过无数奇思异想的失败实验——的产物；反过来说，无数人的智力心血，也就仅仅成就点滴的发明和进步，至多在这部《技术史》的正文中留下一串姓名，几句叙事，乃至一个注释。相对于千万年来的文化积淀，任何个人，实在都微不足道，我们“创造”的思想和知识，最终也不过在图书目录中增添几行记录而已。

技术史，是距离意识形态最远的历史。你可以揭露欧洲文化学术的东方主义，可以责难美国好莱坞的娱乐帝国主义，可以抵制香港大众文化的媒介霸权，但即使是最极端的文化保守主义者或反文化殖民主义者，都无法真正抗拒现代技术的降临。如果说，西方世界的政治模式、经济制度、学术思想及流行文化，都引发了非西方世界在文化心理上的反全球化，但在科学技术领域，非西方世界几乎不存在反全球化者（反倒是西方世界中存在着敌视科技的思想暗潮）。一部《技术史》，最无可辩驳地体现出世界史的统一性，体现出全球化的必然前景。

正因为技术史是非意识形态化的历史，它也就是不会终结的历史。意识形态的历史也许终结了，但科学技术的历史却远无止境。

中译本《技术史》，对于当今中国知识界，至少有以下几重特殊意义：

一、弥合“两种文化”的对立

早在20世纪六七十年代，英国人斯诺《两种文化》已指出，“文学文化”与“科学文化”已形成对峙：“我相信整个西方社会的智力生活已日益分裂为两个极端的集团。……一极是文学知识分子，另一极是科学家，特别是最有代表性的物理学家。二者之间存在着互不理解的鸿沟——有时（特别是在年青人中间）还互相憎恨和厌恶，当然大多数是由于缺乏了解。他们都荒谬地歪曲了对方的形象。”不仅如此，由于知识专业化的大趋势，就连“科学文化”内部也四分五裂：“……大多数纯粹科学家本人对工业生产也一窍不通，许多人现在仍然如此，可以把纯粹科学家和应用科学家纳入同一科学文化，但他们之间的鸿沟也很大。纯粹科学家同工程师之间经常发生误会……”

西方如此，中国尤甚。一方面，教育界重理轻文，从毛泽东的“要改造大学文科，要学生下去搞工业、农业、商业”，到理工科为主流的留学热，无不向应用科技一边倒；另一方面，知识界则重文轻理，人文知识分子有意无意地延续着文化中心论和思想决定论，重精神而轻技术，重学说而轻制度。如此，科技工作者只关心现在时的技术，人文研究者只关心过去时的思想，遂造成当代中国的文化断裂。

而技术史的研讨和撰作，必须将科技与历史熔于一炉，打破科学家不解历史、史学家不懂科技的僵局，故一部涵盖百科的《技术史》，也是对“两种文化”分裂局面的弥补。在“道术已为天下裂”的现时代，陈寅恪式的文史贯通，已属稀有的学术贵族；而达·芬奇式的艺术大师与科学天才兼于一身，更不可复见于世间。但我们纵不能至，也仍应心向往之，对那个消逝的“百科全书”时代保留一份历史的敬意。

二、对轻技术的人文本位主义的纠偏

“两种文化”对立的形成，主要根源之一，是重精神轻技术的人文本位主义倾向。这是根深蒂固的思想传统。古希腊的欧多克斯、阿奇塔斯曾借助仪器进行力学实验，柏拉图因此怒责“他们破坏并贬低了几何学的完美性，把几何学从精神和理性层面，降低到物质和感觉层面上来，强迫几何学应用需要大量体力劳动的物质，从而使几何学成为从属于商业交易的研究客体”；无独有偶，《庄子·天地》也有一则反技术的故事：孔子门徒子贡见一丈人抱瓮灌田，用力多而功效寡，遂曰："有械于此，一日浸百畦，用力甚寡而见功多。……凿木为机，后重前轻，挈水若抽，数如泆汤，其名为槔。"不料丈人怒道："吾闻之吾师，有机械者必有机事，有机事者必有机心。机心存于胸中，则纯白不备；纯白不备，则神生不定；神生不定者，道之所不载也。吾非不知，羞而不为也。"柏拉图指力学有损于"精神和理性"，抱瓮丈人则称机械有害于"道"，这岂非东海西海，心同理同？可见重理念而轻技术，古今皆然，东西无异。

胡适在《治学的方法与材料》中比较近世中西学术有谓："科学的方法，说来其实很简单，只不过'尊重事实，尊重证据'。在应用上，科学的方法只不过'大胆的假设，小心的求证'。在历史上，西洋这三百年的自然科学都是这种方法的成绩；中国这三百年的朴学也都是这种方法的结果。顾炎武、阎若璩的方法，同葛利略、牛顿的方法，是一样的：他们都能把他们的学说建筑在证据之上。戴震、钱大昕的方法，同达尔文、柏司德的方法，也是一样的：他们都能大胆地假设，小心地求证。……然而从梅（族鸟）的《古文尚书考异》到顾颉刚的《古史辨》，从陈弟的《毛诗古音考》到章炳麟的《文始》，方法虽是科学的，材料却始终是文字的。科学的方法居然能使故纸堆大放光明，然而故纸的材料终久限死了科学的方法，故这三百年的学术也只不过文字的学术，三百年的光明也只不过故纸堆的火焰而已！"胡适对科学方法的理解，似嫌简单化，但他强调中国人以故纸堆为中心的学术谱系，则灼然可信。因此，较之作为近代科学发源地的西方，中国学术传统中的人文本位主义倾向更为严重，也就更急需《技术史》的思想洗礼。

三、强化历史认知中的技术意识

以现代技术的进境之深，领域之广，任何个人都不能，也不必一手掌握种种具体的技术原理。对《技术史》的学习，最关键的意义在于养成我们思想习惯中的技术意识；尤其在思辨中西历史时，更需要充分认识技术对历史大势的影响。

一般人或以为，科学技术越发展，对人类社会影响越大。其实应当恰恰相反，文明越是原始，技术的社会影响也越大；离开了技术问题，早期文明史根本无从入手。故《技术史》的第一、第二卷，对于中国上古史研究，尤具有直接的参考价值。

近世以降，东西方的技术差距，则对世界史的变迁造成了压倒性的影响。对于近代西方的兴起及中国的失败，华裔黄仁宇、德国人弗兰克的解释，都属于目前中国知识界流行的历史观：前者努力将之归结为制度因素（所谓“数目字管理”），后者则努力将之归结为经济因素（所谓“白银资本”），他们同样潜在而致命地漠视了技术因素，故未免一叶障目，不见泰山。——以清王朝那种古典式的技术水平，即使它有“数目字管理”的制度和组织，即使它正赶上经济周期的鼎盛阶段，难道就足以对抗因工业革命而后来居上的西方吗？按照《技术史》第六卷的总结，英国是近代技术革新的摇篮，这是它成为全球工业和军事霸主的关键，“在1750年时，工业国家还并不存在……英国那时实质上还是一个农业和商业国家。拿破仑就将英格兰称为‘一个小商人的国度’。但是到1815年，英国，也只有英国，就其工业化的程度而言，已经可以当得起‘世界工场’这一称号了。”所以，在随后的1840年，击败中国的正是工业化的“坚船利炮”，而非制度化的“数目字管理”。中国在近代史上的失败问题，最终可以归结为西方技术的兴起问题，也即所谓“李约瑟难题”。

四、为中国技术史研究提供参照

《技术史》完全是以西方为中心的技术通史。牛津大学版的《技术史》第一卷，与剑桥大学版的李约瑟《中国科学技术史》第一卷，两大技术史巨著恰巧于1954年联翩问世；也因此，《技术史》第一卷未及参考《中国科学技术史》的丰富论述。其前言说：“对于远亚的技术记录也几乎被完全省略了，这一方面是因为缺少具备关于它的足够知识的作者，另一方面也是因为在那一地区的更为古老的文明对西方文化的直接影响相对很小。”由此可见，在李约瑟之前，世人对中国技术史的认识是何等一穷二白，而李约瑟的贡献又是何等横空出世了。

为什么是李约瑟成此伟业？为什么众多语言能力和文献功底更深厚的中国人，反不及一个年近四十才学习汉语的英国佬？可见，中国技术史研究的秘诀，首要还不是汉语文献的功力，而在现代科学的知识框架。李约瑟原是杰出的生物化学家，有深厚的科技史修养，故一旦深入中国文明的堂奥，就能处处有发明，见国人所未见。在创新和积累方面，相信至今仍没有一部中国人编著的中国技术史，可以企及李约瑟的高度，其中最关键的因素之一，就在于中国学人对世界技术史的理解程度不足。不能全盘洞悉世界（西方）技术史，也就不能深入考掘中国技术史；这套《技术史》，正大有助于中国人把握技术史的全局，为提升中国技术史的研究水准提供了权威参照。

20世纪20年代末，陈寅恪有诗云："群趋东邻受国史，神州士夫羞欲死。"以中国史的重心在东瀛为耻。以后中国学界又有所谓"敦煌在中国，敦煌学在外国"之说，则以敦煌学的重心在西洋为耻。但至今为止，中国科技史的重心仍在英伦，仍在剑桥，何国人似不以为耻？

读法迪曼《书趣》札记

安妮·法迪曼的《书趣：一个普通读者的自白》，书名太普通，看不出与普通书话的区别，一开始没有太在意。等读了她的《闲话大小事》，颇觉对路，才又补买了《书趣》。读后的感觉，似比《闲话大小事》还要好。

照我的印象，法迪曼的好处，是能将兰姆式的个人趣味与钱锺书式的旁征博引结合起来，而且结合得相当妥帖。钱锺书的散文似给人一种炫博的堆砌之感，有点浓得化不开，可法迪曼没有给我这种感觉。也许是兰姆式的风格冲淡了钱锺书式的味道吧。

具体评论法迪曼其人其书，不是我适宜做的事，这里只想作个读书钞，谈谈《书趣》中的几个细节。

之一

《我的特别书架》是我最激赏的一篇，写她关于极地探险类书籍的收藏与爱好。

她由于早年“对高纬度地区的简朴之美产生热情”，形成对探险家事迹的迷恋，而她最迷恋的，却是那些失败的探险家，“他们都是英国人，这也不是偶然的巧合。美国人崇仰成功。英国人却崇仰英雄的失败。如果要我选择的话，至少在读书的时候，我就不像个美国人，而会把堂·吉诃德精神置于办事效率之上。英国维多利亚时代那种‘帝国黄昏’的场景总是让我感到伤心动情，难以言说。而维多利亚精神最突出的表现，就在这些勇敢、诚实、乐观、自我牺牲、爱国、爱荣誉、志向高远，却完全不合时宜的人们身上。他们把名字留在南极和北极地图的许多地方，但是都不曾穿行过‘西北通道’，在到达两极的竞赛中都输给了别人。”

在那些失败的英国探险家中，她最迷恋的是斯各特，“我对他长久怀着特殊的柔情。关于他的书籍，我有十几本，理由之一是他和他的同伴都是些书呆子。……斯各特的最后日记令人无比哀伤。但是不知什么原因，令我最受感动的报道，是搜救队在斯各特的雪橇里发现了三十五磅重的一堆岩石，上面有古生代晚期舌羊齿植物叶茎的化石。那是探险队在比德莫尔冰川收集的，一直拖了四百英里。……如果他们抛掉了，说不定还有可能走完最后的十一英里呢。”斯各特的故事令人感染，而法迪曼的总结也令人动容：“如果你想做一个殉道的烈士的话，你可得要选好自己的宗旨是什么。人们通常为民族主义，为宗教，为种族牺牲生命。在我看来，一袋三十五磅重的岩石以及它所代表的逝去的世界，也是好东西，值得为之而死去的。”在我们置身其中的这个时代，在人可以将自己做成炸弹的时代，这些话，尤其值得咀嚼。

而在跟法迪曼一点也不搭界的末代港督彭定康那里，我又遇到了斯各特——《非一般的外交家：关于国际事务的逆耳忠言》一书的第二章将斯各特视为“典型的英国英雄”。斯各特“典型”在哪呢？彭定康引用了弗格斯·弗莱明的话，将斯各特视为英国神话的一部分：“它是许多民族传统的缩影，包括不朽的低调语言、与可怕逆境的抗争、对外行做法的过分称赞（无论多么不恰当）以及对失败者的支持。”这里的“对失败者的支持”，正与法迪曼的意念不约而同。

彭定康在书中还提到，在一战后，为庆祝斯各特极地研究所成立，剑桥大学曾举行过一次纪念会，斯坦利·鲍德温在会上说：只有爱国主义是不够的，只有成功也不够，重在过程。赢并不是一切。忠实于最好的自己和自己的理想，走自己的路，拥有自己的灵魂。——如今，我们也置身于崇尚成功的年代，甚至是成功者通吃的年代，但且让我们为失败者留一些掌声吧，只要他们是真正努力过的。成功是令人艳羡的，但失败更令人回味。

之二

《文学上的贪食者》一篇是关于美食写作的，“我最喜爱的食物文学并不描述真实的餐饮，而是描写人们怎样想象餐饮……”写到这，法迪曼又联想到了她心爱的极地探险：“有关南北极考察的记载充满了这种空想虚构的东西。1883年阿道弗斯·格里利领导了一次埃勒斯梅雷岛的科学考察。在那次命运不佳的科考活动中，洛克伍德中尉在身边保留了一份他最想吃的食品单：塞满牡蛎的火鸡、波士顿硬饼干、燕麦松饼、果肉饮油炸玉米饼。……在1914—1917年沙克尔顿领导的南极考察中，麦基尔罗伊医生在困守于象岛的二十二名队员中作了一次调查，请他们把最想吃的一份菜肴说出来。其结果是：渴望吃甜食的大大超过了想吃精美食品的人。”

关于“想象餐饮”，作为经历过大饥荒的中国人，不难给法迪曼的文章作一点补注。

前两年读北岛、李陀主编的《七十年代》，张郎郎的《宁静的地平线》是印象最深的篇目之一，写的是“文革”时他在河北饶阳坐牢的经历。牢里有位老李，原是上海名厨，后为驻外使馆的厨师，“文革”时有人揭发他买菜时中饱私囊，他害怕回国后凶多吉少，就逃出使馆，结果还是被抓了回来。在只能吃到全高粱面做的“黑李逵饼子”的牢狱里，由于有了老李，狱中人就不时进行饮食文化教育：“老杨和几个同屋的人，每个人都拿着各式各样的本子，各种各样的笔，一本正经围坐在老李的周围。老李用他无锡口音普通话给大家讲解一道道名菜的做法。这是一项重要的文化活动。固然，越写越饿，越饿越写。别看老李已经饿成细脖子大脑壳了，可讲起菜谱来，还是当年著名大厨的谱儿，言简意赅，形容准确，细细道来，不紧不慢。专业人士就是专业人士，他口中的每一道菜都精致无比。无论中餐还是西餐都可以录入顶级的菜谱。就这样，我国的饮食文化得到了一次成功的传承。……当时我们屋子里大概有十二三个人，七八个人都参加了那个精神宴会。”

洛克伍德中尉的个人食单，麦基尔罗伊医生的集体食单，以及饶阳监狱里的精神盛宴，不都是饥饿时对饮食的想象吗？可是，同样是想象，一个是在自然界的禁锢中，一个是在狂热政治的禁锢中，二者的处境和心理又是何等的不同啊！

之三

《阳光下面无新事》一篇谈论抄袭问题，主题是严肃的，但写得风趣，议论不多，但举例丰富，比起波斯纳那本干巴巴的《论剽窃》当然精彩多了。此文还故意采用繁琐的注释体裁，以示字字有来历，有一点反讽的意味。

文章提到，19世纪英国政治家迪斯累利曾将剽窃者比作“别人智慧的窃贼”。——可是，法迪曼在注释中指出：根据马伦的《偷来的话》、林迪的《抄袭与独创》，迪斯累利本人也当过“别人智慧的窃贼”，他在惠灵顿公爵葬礼上的演说，抄袭了梯耶尔在圣西尔将军葬礼上的演说！

这让我想起类似的中国公案。近人刘成禺笔记《世载堂杂忆》有《周锡恩抄龚定庵作阮元年谱序》一篇，说周锡恩（伯晋）剿袭龚自珍（定庵）写阮元（芸台）的文章，来为师尊张之洞祝寿：“光绪十七年，之洞五十五岁……鄂中人士属伯晋撰文寿之洞，通体用骈文，典丽裔皇，渊渊乎汉魏，寓骈于散之文也。之洞大为激赏，祝文繁多，推伯晋第一。名辈来，之洞必引观此屏。时机要文案常州赵凤昌在侧，曰：‘此作似与龚定庵集中文相类。’之洞闻言，于暇时翻阅《定庵文集》，得《阮元年谱序》，与伯晋所撰寿文两两比对，则全钞龚文者三分之二，改易龚文者三分之一，而格调句法，与龚无以异也。盖阮芸台生平、官阶、事业、学术、政治、设陆海军，皆与之洞相似，莅任设书院，刻书，门生满天下，又为之洞最得意事。”后来张之洞就因此疏远周锡恩。

但周锡恩抄是抄了，居然还有几分“硬颈”、一点“可爱”。据刘成禺说：“伯晋刻《木芙蓉馆骈文》，刊此寿文。予友王青垞葆心，周门生也，劝其删去。伯晋曰：‘史（《史记》）、汉（《汉书》）有全篇钞人文字之例，何害？’”想来汪晖辈一定会喜欢这位周锡恩的理直气壮的。

无独有偶，黄濬（秋岳）20世纪20年代也曾为其师陈衍（石遗）撰写寿文，据钱锺书《石语》，陈衍曾表示：“余弟子黄秋岳，骈文集有清一代之大成……丈言时，指客座壁上所悬秋岳撰七十寿屏云：此尤渠生平第一篇好文字。”但后来钱锺书含蓄地加了一则按语：“黄文结构，全仿彭甘亭《钱可庐寿序》。”意思是说，黄秋岳不过是模仿清人彭兆荪（甘亭）罢了。这样一来，陈衍就成了另一位张之洞，而黄秋岳就有周锡恩之嫌了。

迪斯累利是借用了别人的葬礼演说，周锡恩、黄秋岳则是借用了别人的寿文，场合和对象固然不同，但一捧死人，一捧寿星，不都是捧场的文字吗？而且“乾坤大挪移”的功夫更是相同的。

法迪曼在注释里承认，她引用“智慧的窃贼”一语，是从马伦《偷来的话》一书中“偷来的”；我也要承认，上面所举的《世载堂杂忆》《石语》两例，是从刘衍文先生《寄庐茶座》里的《骈文与古文·附说》一篇中“偷来的”。

补记：

房龙曾自述："我非常喜欢阅读那些可以称作是次等的发现者和航海家的生平。与配着精美插图的专门传记里不断颂扬的皮萨罗、科蒂斯、麦哲伦之辈相比，他们常常更有才华。在我看来，他们没有成功一点也不要紧，因为他们之所以默默无闻，是因为道德高尚，不够冷酷，也没有他们那些更著名的对手那般残忍。"（《太平洋的故事》，孙亮、肖明译，河北教育出版社2004年版，第75页）这跟法迪曼、彭定康书中的意蕴正相一贯。事实上，为失败者，尤其是失败的探险家立传，也是房龙写作的主题之一。

知识饥馑时代的秘密书架

《南方周末》阅读版有个“我的秘密书架”的栏目，但实际上作者们所写的，只是“我的书架”而已，何曾有多少“秘密”可言？

真正存在“秘密书架”的时候，是20世纪六七十年代，“皮书”——封面看上去灰头土脸的“内部发行”图书，才是当年读书人的真正“秘密”。

所谓“皮书”，简单地说，是为“配合反修斗争”的政治需要而编译的“反面教材”，最初只有少数高级干部和知识分子才有资格购阅；但“文革”时天下大乱，高干阶层深受冲击，“皮书”向红卫兵群体流散，在个别知识圈中产生极大的思想震撼。“黑夜给了我黑色的眼睛，我却用它寻找光明”，在横扫一切牛鬼蛇神的时候，在只允许高呼万岁的时候，那一代人恰恰是从“反面”的文本中看到了“正确”，从政治的倒影中看到了思想，从异端中看到了真理。这样，“皮书”就成了那一代思想者的“风月宝鉴”，空空道人只想他们看见背面的骷髅，但血气方刚的反叛少年，怎么可能不偷窥正面的美人？

“皮书”的题材，主要有早期的“修正主义”经典，有西方“资产阶级”的社会科学和历史著作，有托派或东欧阵营的反苏文献，有“苏修”的解冻文学。我手头有一本《修正主义者、机会主义者著作目录》，就是当年用于编译“皮书”的参考资料；还有一本《1949—1986全国内部发行图书总目》，其中政治、法律和历史等类，就包括不少“皮书”，算是查找“皮书”最详尽的书目。总的说来，由于时过境迁，大多数“皮书”已无法卒读，只有学术文物的价值，甚至可以扫入“历史的垃圾堆”了。可是，也有相当部分历久弥新，至今不失思想或史料上的参考价值，像以后有重版或重译的《通向奴役的道路》（哈耶克）、《理性、社会神话与民主》（胡克）、《经济增长的阶段——非共产党宣言》（罗斯托）、《古拉格群岛》（索尔仁尼琴）等振聋发聩之作；至于没有机会重版的《恐怖主义和共产主义》（考茨基）、《黄祸论》（海因茨·哥尔维策尔）、《新阶级》（吉拉斯）、《为颓废的欧洲辩护》（雷蒙·阿隆）、《中日战争时期的通敌内幕》（约翰·亨特·博伊尔）之类，就更显得物以稀为贵了。

我的朋友沈展云，购书成癖，读书成迷，因为给《南方都市报》撰写专栏的机缘，触发他写出一本《灰皮书，黄皮书》，是整理“秘密书架”的第一本专著。书中第一篇《关于“皮书”的集体记忆》，综合亲历者的回忆，对“皮书”的来龙去脉作了全面梳理。其他各章，则通过专题形式，分别以《“不断革命”论》（托洛茨基）、《同斯大林的谈话》（吉拉斯）、《苏联持不同政见者论文选译》、《革命还是改良：两种对立的观点》

（马尔库塞、波普尔）、《论当代革命》（拉斯基）等“皮书”作为史料主干，详实地讨论了有关苏联、东欧史的政治话题。大体而言，限于体例和篇幅，所涉猎的“皮书”种类不算丰富；但也因此，对于有关话题就能钩稽背景，切入史料，而不止于泛泛而论。

这本书的意义，不仅在于使我们重估“皮书”的历史价值；更重要的，是能让我们藉此回顾那个历史扭曲、思想倒悬的年代。

以前读《古拉格群岛》，看到有一处说：在克格勃的监狱图书馆中，有大量在监狱外已灰飞烟灭的禁书，“国家安全机关挨个地检查和阉割国内所有图书馆，一连搞了几十年，可是却忘了翻翻自己的怀里”，有人开玩笑：“我们被称作死人，所以才让看禁书。”

前一阵读曹聚仁的《采访新记》，写到赵树理等几名学生曾被当作共产党嫌疑犯而被捕，当局授意他们写些反共文章，以作为释放条件。但他们当时并不知道何为共产主义，看守者就将几种共产党的宣传小册子给他们看：“这就是共产主义，你们写反对这些东西的文字就行了。”他们因此大开眼界，从此才倾向共产主义，“他们在牢狱中，有如罗马尼禄王时代的耶稣教徒，远远看见了社会主义的光辉。”

在思想禁锢的时候读“皮书”，那种处境，那种感受，想来就跟索尔仁尼琴、赵树理们在监狱里读异端著作是一样的吧！

展云说：“反修”背景中的“皮书”，以及“批儒评法”时期的古籍，是中国当代出版史上的奇特现象。这是很有意味的观察。“皮书”现象，是出版外史，也是思想佚篇；作为被钉在神权政治十字架上示众的异端文本，它是知识饥馑时代的文化走私，是批判名义下的阅读自由，是思想启蒙以前的思想启蒙。

展云开始成长之时，是“皮书”悄然流传的年代，也是知识最匮乏的年代。他是我所见的最有知识饥饿感的一个人，我想，这种知识饥饿感，多少源于他对那个知识匮乏年代的潜记忆吧。因此，《灰皮书，黄皮书》的写作对他而言，就不仅是单纯的历史回溯，不仅是集体的知识考古学，也是少年情怀的追忆，也是私人的精神感旧录。这是对那个思想的饥馑岁月的一个祭奠，是为了遗忘的阅读，是为了告别的聚会。

如果威权是坚硬的石头，那么，思想不过是纤纤蔓草。思想是柔弱的，很容易就会屈服于石头的重压之下；但思想又是顽强的，无论石头有多么坚硬，多么沉重，思想的自由生机终不会被完全抹杀，它总能找到缝隙冒出头来——哪怕是以极端扭曲的方式。这，就是“皮书”出版史透露出来的消息。

散文、自由与知识分子

鲁迅将杂文打造成批判现实的武器，林贤治则将散文编排为自由精神的舞蹈。

林贤治在《世界散文丛编·总序》中说："散文并非王国，乃颇类联邦共和国；在每一块疆土之上，弥漫着同一种共和的空气：人类的自由精神。"这一观念，不仅表现在他的个人写作方面，也贯穿在他的图书编辑方面。

与邵燕祥合作主编《散文与人》（三联书店），自己主编的《读书之旅》（广东教育出版社），与筱敏最新合作主编《人文随笔》（花城出版社），林贤治其道一以贯之：以散文或随笔为体裁，以人与自由为主题，有思想的批判，有人文的关怀，回溯历史，指向当下。此外，他主编的丛书"流亡者译丛"（花城出版社）、"曼陀罗译丛"及"曼陀罗文丛"（作家出版社），也属同一种文化思路。

《人文随笔》已刊两辑，第一辑"春之卷"可能准备更充分，内容似更为可观。以下仅据个人视角，对第一辑内容评点二三事，略见其编辑旨趣之一斑。

狄马的《乞丐、垃圾以及多数人的暴政》是很有现实批判力度的一篇。作者以美国法律个案为参照，质问西安市“清理乞丐”行动的合法性，并借用“多数暴政”的政治学理念，对相关报道中“人民群众无不拍手称快”的现象作出阐释：“如果以我们刚刚过去的世纪为例，那么事情就再清楚不过了，那就是，几乎每一场血腥的‘运动’到来时，人民群众都会‘拍手称快’：枪杀‘反革命’时，他们‘拍手称快’；镇压所谓‘胡风反革命集团’时，他们‘拍手称快’；将五十万知识分子打成‘右派’时，他们‘拍手称快’；打倒‘刘、邓’走资派，弄得成千上万的人家破人亡的‘文化大革命’‘进行到底’时，他们‘拍手称快’……可后来为‘胡风分子’平反，为‘右派’平反，为‘刘、邓’等‘走资派’平反时他们还是‘拍手称快’……因而可以说，人民，尤其是几千年来被贫困和专制剥夺了教育资格的人民，从来都是刽子手和行刑队的啦啦队员，他们的最大愿望不是在阳光下消除暴力，而是在行刑的现场蘸拾人血馒头，至少要听到一两声悦耳的‘嚓！嚓！’声，这使得暴力失去了起码的见证。”这个历史总结可谓鞭辟入里。不过，为何我们的执法者和旁观者都潜意识地不将乞丐视作合法公民，甚至不视作“人”？作者将此归因于传统，也即归罪于古典的中国文化，我则以为未免舍近求远、厚诬古人了。——试看陶渊明将佣工转给儿子时，给儿子去函道：“此亦人子也，可善遇之。”别把佣人不当人，这不明明是爱无等差的胸襟吗？谁说古代中国就没有平等博爱呢？

钱满素的《纳粹女人的献身精神》，则从群众心理学立场，剖析“纳粹女人”大义凛然地为法西斯殉葬的行为：“……在伟大高尚的名义下——不管是奉献给‘国家社会主义’的纳粹女人，还是在‘圣战’号召下争做人肉炸弹的恐怖分子——他们做出可怕的事，却自以为‘无私无畏’，名垂千古。”由此得出最浅显也最深刻的结论：“献身精神本身不足以成为一种美德，为什么献身才是要义。”这个思辨，跟苏珊·桑塔格关于法西斯主义“对勇气盲目推崇”的批判正相一致（见同书所收《迷人的法西斯主义》），也跟朱利安·班达对近代政治道德“鼓励把人直面死亡的能力树立为最高的价值”的辩驳不约而同（见《知识分子的背叛》第三章）。这一认知的现实意义是显而易见的：在当今之世，英雄主义已成为恐怖分子而非正义之师的标志，牺牲精神已属于滥杀无辜而非救死扶弱的事业；视死如归的勇气，更戏剧性地表现在驾机撞向世贸大楼的时刻，表现在身怀炸弹扑向伦敦地铁站的时刻。如果说，勇敢在古代也并不总是正义的，那么，在当代就更经常是邪恶的了。

我本对何满子的文字毫无兴趣，但他为吕荧立传的《六亿一人》，却是不可无的掷地有声之作：“七位数的知识分子与六亿人口中，只有吕荧一人，仅此一人，没有第二个，敢于在1955年5月25日召开的全国文联和作协主席团扩大会议上，面对大会对‘胡风反革命’的气焰高涨的声讨，本着知识分子的良知，英雄般地站出来，为后来事实所证明了的诬陷声辩：‘胡风不是反革命！’”可幸的是，在近半个世纪的风雨苍黄中，吕荧式的人物，其实不仅仅是“六亿一人”：往前，在1953年9月18日中央人民政府委员会第二十七次会议上，梁漱溟为农民请命，批评政府的农村政策，并因此在大庭广众顶撞毛泽东；往后，在1968年10月31日中共八届十二中全会上，主持者要求全体举手表决“永远开除刘少奇出党，撤销其党内外一切职务”，唯有中央委员陈少敏不举手，紧闭双目以示反对。——敢于公开跟毛泽东争执，敢于公开为胡风辩护，敢于公开对刘少奇同情，当时都是仅此一人，没有第二个。但就因为有此一人，有了梁漱溟，有了吕荧，有了陈少敏，则中国人终于没有彻底丧失一士谔谔的精神，知识分子也因此挽回了最后一丝颜面。鲁迅曾慨叹中国“少有敢抚哭叛徒的吊客”，但尽管少有，却幸未绝迹。

关于吕荧事件的现场，何满子根据知情者回忆作了记录：当吕荧在主席台上平静地说出“胡风不是反革命”之后，“全场都愣了。有几秒钟死一般的沉寂。突然，一个人（向我诉述的人都吩咐我不要向外张扬这个人是谁，我答应了，因此我遵约不点名，只说此人是一位知名的歌词作家兼理论家）奋步上台，说时迟，那时快，赶过去夺下了吕荧手中的话筒，把吕荧揪住，连拖带搡地拉下了主席台。”将吕荧揪下主席台的人是谁？刚出版的《口述历史》第三辑（中国社会科学出版社），收入闻敏采写的《吕荧的历史悲剧——众说吕荧》，提供了相当丰富的记忆文本，并且已明白点出此人即张光年。尤其值得留意的是，其中更包括张光年本人的说辞：“……那时候，整个儿是个人迷信，执行上面的决策。开始也吞不下，然后就紧跟，犯错误，经过‘文革’才认识了。吕荧同志我不熟，很对不起他……你们搞这段历史，根据当时的情况，该怎么写就怎么写，我一点儿意见都没有。”无论如何，能有这样不自我讳饰、不回避历史的态度，终属可取。

总而言之，《人文随笔》是一本林贤治风格的文摘集，文章水准虽有参差，但编者的精神始终贯注其中。书很薄很轻，思考却很厚很重。

林贤治选择了散文与随笔体裁，而谢绝了论文体裁，这也意味着，他选择了批判精神而非专业精神，选择了民间立场而非学院立场。由此，正可见林贤治对知识分子角色的自我期许：他不愿是知识界中人，而愿是精神界中人；他不做专业的知识分子，而要做不专业的知识分子。

在朱利安·班达的时代，知识分子卷入政治、迎合世俗，使得其思想和学术成为民族主义激情的牺牲品，班达称之为“知识分子的背叛”；而在我们这个时代，知识分子却似乎陷入另一种“背叛”——他们不再卷入政治，相反却逃避政治，以专业之名，行犬儒之实，仅仅将学术当作职业的敲门砖，当作生活的通行证。知识分子多已丧失了自由性格和批判精神，他们固然不复以政治激进主义作为他们的鸦片，却又以世俗消费主义作为他们新的鸦片。在滔滔者天下皆是的时候，像林贤治这样，拒绝学院知识分子的庙堂身份，维系民间知识分子的启蒙姿态，就愈显其独立不迁、横而不流。

在我个人看来，或许林贤治有些过于理想主义。他激扬自由精神，我深表认同；但他守护革命激情，我保持疑虑。他捍卫鲁迅，我可以理解；但他讥刺胡适，我只能存异。也许，理想主义终不免会带有一些不切实际的书生意气吧。

尽管如此，任何时代到底都不应缺少理想主义的知识分子。

因为知识分子本是理想主义的守夜人，如果连知识分子都完全没有了理想主义，那么也就意味着，全社会的理想主义都已荡然无存，整个时代也将因此而丧魂失魄了。

补记：

顾炎武《日知录》卷十三《廉耻》有言："……士大夫之无耻，是谓国耻。"用今天的话说，就是知识分子之无耻，是一国之耻。盖以知识分子为国家精神的表征也。

论全集不全

出全集，不仅是一种文化资格，也曾是一种政治规格。

施蛰存曾回忆：80年代某出版社联系他出一本小说选集，因为作品不多，他想出全集，但为出版社拒绝；以后他才知道，只有鲁迅才够格出全集，巴金也只能出文集，而他，也就能出本选集！七八十年代之交，蒋天枢将陈寅恪遗稿交上海古籍出版社，原拟名全集，但为避免跟马列著作并称全集，只好改称文集。

到如今，出全集的政治规格早已不复存在，连文化资格也一路走低，满街尽是全集了。尽管如此，多出全集，宁滥而毋缺，本也未可厚非。现在确实也到了总结百年学术的时候了。而且，日本人不也很有编全集的风气吗?

但最大的问题是，全集不全，全集在商业上固然出版不易，在内容上尤其搜集为难。此事从来如此，但于今尤烈。浏览近年所出的多种全集，不全的现象所在多有，而因由各异：

一、搜集不全，最为常见。

以《章士钊全集》（文汇出版社2000年版）为例：章氏抗战时编有《孤桐诗稿》十册，原藏云南省图书馆，但今已有目无书，故编者只能根据已刊诗集及零星书札收入数百篇。1944年章氏与潘伯鹰合刊《游沪草》一册，《全集》即未收录；汪辟疆编注章氏遗稿《论近代诗家绝句》，刊布于1985年《江海学刊》，并多附入汪著《光宣诗坛点将录》中，并不冷僻，而《全集》编者也未能知见。上海的朱铭先生锐力搜求章氏诗词，据悉已达二千余首，可见《全集》失收之多。

二、不注意著作前后版本之异。

《阿英全集》（安徽教育出版社2003年版）所收《小说闲谈》，是据20世纪50年代中华书局上海编辑所新版，殊不知此版较之良友出版公司民国二十五年（1936）初版删改极多，像《小说零话》篇中本有专门谈"淫书"一节，新版就因不合时宜而删去。

比勘不同版本差别，将这类内容尽量补足，不正是编辑《全集》分内的工作吗?

三、为尊者讳，有意不收。

如《三松堂全集》第一版，未收入冯友兰趋时媚俗之作《四十年的回顾》（科学出版社1959年版）、《论孔丘》（人民出版社1975年版），以后《全集》第二版（河南人民出版社2000年版）以"全集闰编"形式收入《四十年的回顾》，但仍不收《论孔丘》。此外，冯氏1943年曾起草以西南联大国民党部名义致蒋介石函，联大同事称之为"当代大手笔"，历史学家雷海宗甚至说"即使你写的书都失传了，这一篇文章也可以使你不朽"，据说蒋介石读信后"为之动容，为之泪下"（蔡仲德《冯友兰先生年谱初编》，河南人民出版社1994年版，第267页）；

但这样一篇抵得上冯氏所有著述的“大手笔”，也不见于《全集》。

又如50年代初思想改造时，梁思成曾有一篇自我批判兼批判父亲梁启超的《我为谁服务了二十年》（收入中国民主同盟南方总支部宣传委员会编《知识分子的思想改造问题》，人间书屋1952年版），就未收入《梁思成全集》（中国建筑工业出版社2001年版）。

对比《聂绀弩全集》（武汉出版社2004年版），将检讨自己、批判他人的文字悉数收录，《三松堂全集》《梁思成全集》就显得不够光明正大了。须知出全集，不仅是为作者立碑传，更在于为历史作见证；不仅是让晚辈了解作者本人的成就，更在于使后世认识作者所处的时代。因此，在编辑整理上应忠实于历史本真；那些过于政治化的过时作品，不妨以附录的形式立此存照。

四、因避时忌而不敢收录。

如《胡适全集》（安徽教育出版社2003年版）第22册《时论（二）》（沈寂、陆发春、武菁整理），其“整理说明”明明称：胡适1941年演讲《民主与极权的冲突》（此文见胡平生编著《胡适之先生年谱长编初稿》第五册），原题《观念系统的冲突》，修改后差别较大，故前后两种文本皆收入；而实际上，两种文本皆未收入，可见当由出版者所删。另，胡适50年代有《共产党为什么要清算胡适的思想》《四十年来中国文艺复兴运动留下的抗暴消毒力量——中国共产党清算胡适思想的历史意义》《中国大陆反共抗暴运动》等文字，已现身于耿云志主编《胡适论争集》（中国社会科学出版社1998年版），但《全集》也未收入。

又如欧阳哲生主编《傅斯年全集》（湖南教育出版社2003年版），体例甚善，但结果也不免被动手术。第四卷《时评政论》部分注明是“1932—1950年”，但实际刊布出来的内容仅至1947年止，因为此后多系反苏反共之作。——据第七卷附录《傅斯年先生年谱简编》，这类文章约有《论美苏对峙之基本性》《自由与平等》《苏联究竟是一个什么国家？》《我们为什么要抗俄反共》《共产党的吸引力》等。

这类情形，或出于不得已，本来可以同情；但出版者也应有所说明，或作为存目处理，让读者心中有数，否则就未免英雄欺人了。

五、作者健在就推出。

这是很特殊的一类。多年以前，张岱年先生在老而弥健地撰写新作的时候，《张岱年全集》（河北人民出版社1998年版）就已出版了；李敖远在参加台湾总统竞选之前，也已有《李敖大全集》（中国友谊出版公司1999年版）。生命未息，写作未止，何以就超前僭称全集呢？“大全集”云乎哉！

世事难全，而全集又何其多！本是文集，号为全集，表面上为了名堂响亮，实质上大约也有市场动机。如《程千帆全集》（河北教育出版社2000年版），作者自己本名为文集，但出版者改为全集（见《闲堂书简·后记》，上海古籍出版社2004年版），这当然跟河北教育出版社大力推出的全集系列有关。

相比之下，三联书店的《陈寅恪集》《钱锺书集》，都低调地仅称“集”，倒是踏实可敬的作风。事实上，除作者本人不愿收入的内容之外，陈、钱二集已是求全求备，即使称“全集”也无不可了。

顺便说一下，最恶劣的全集，是那些以新带旧、重复出版、搭配出售的全集。像云南人民出版社先推出多种姜亮夫专著的单行本，然后一鸡两吃，连同未刊日记等个别内容再出全集；上海古籍出版社80年代以来先后出版钱仲联校点的《牧斋初学集》（三册）、《牧斋有学集》（三册），现在，又与新校点的《牧斋杂著》（二册）合刊为《钱牧斋全集》。——为什么不单独出版《姜亮夫日记》和《牧斋杂著》？有几个人为了一部日记再买下二十四册《姜亮夫全集》，为了两册《牧斋杂著》再买下八册《钱牧斋全集》呢？这种营销方式，既不厚道，也不精明。

其实说起来，就当前知识界、学术界的实际需求而言，最迫切的绝不是锦上添花，为热门作者出全集，而是雪中送炭，为冷门作者出文集。像近年雷海宗《伯伦史学集》（中华书局2002年版）、《贺昌群文集》（商务印书馆2003年版）、《天地之间——林同济文集》（复旦大学出版社2004年版）、《刘节文集》（中山大学出版社2004年版）的刊布，都属大有功德之举，其价值远在不少全集之上。

此外，像掌故大家瞿兑之、史学家陈登原、中外交通史家张星烺，昔时都是文史领域的赫赫名流，但由于这样那样的历史原因，生前身后甚至都未出过论文集，这实在是学术出版之耻。

2004年的五卷书

卢非易《饮食男》（河北教育出版社）

饮食在大陆，饮食文化却在台湾。台湾饮食文体近年大举反攻大陆：唐鲁孙系列（广西师范大学出版社）胜在早年富于阅历，老来追忆清末民初的往昔风流，有“东京梦华”的遗意；逯耀东《肚大能容：中国饮食文化散记》（三联书店）学人本色，考古探佚，勾勒出中国饮食的文化史；周芬娜《品味传奇：名人与美食的前世今生》（三联书店）一路走来一路吃，见古人所见的风景，品名流所品的美味。

不过，他们都是本土背景，而卢非易却走出域外。卢氏不仅熟悉西洋饮食，对相关佚闻佚史、名人名言都能顺手拈来，更能透过口腹之欲以揭示近世西方殖民史及社会风尚史。谈“西打”时说：“‘苹果西打’在六七十年代的台湾，曾经是美国崇拜的象征，充满了进步、文明、洋派、时髦的意象。曾几何时，现在好像只能在少数海鲜摊上可以看见。而有异曲同工之妙的是‘可尔必思’（Calpis），那代表了另一阶段的日本崇拜。这提醒了我们，在过去几十年来，进进出出我们肚子的诸多饮料，其实不正是我们社会意义的象征、国家命运的写照吗？！”谈香蕉时说：“香蕉之所以成为殖民主义的一个象征，可能与香蕉的产地有关。香蕉适合于热带、亚热带地区栽植，而偏偏过去两百年，正是地球上寒带与温带国家向热带、亚热带人民侵略与迫害的历史。”皆能由小食品而见大历史。

谈罗宋汤一篇，信手借用“先总统蒋公”的著作《苏俄在中国》做标题，不知者或无所措意，知者却能别有会心。可惜有此好题，内容倒甚平淡。——以前读过香港陶杰的随笔集《无眠在世纪末》，其中《刀叉丛中》写在伦敦吃俄罗斯菜，觉得罗宋汤虽然美味，却清汤寡水，相当节俭，“召来女主人请教其故，该胖大妈说，阁下从前吃过的那种罗宋汤，是沙皇时代的风格，小女子生长在‘幸福的斯大林时代’，所见过尝过的罗宋汤就是本店奉客的这个样子。……方知道吃的是‘忆苦思甜’式的‘社会主义罗宋汤’，才明白‘礼失求诸野’的道理。”这就不仅见历史，也见政治，恰可补卢氏《苏俄在中国：罗宋汤》一篇之不足。

还有，谈咖啡时说：“咖啡被称作回教世界的酒，不是没有道理的。回教徒喝咖啡又浓又腻……咖啡从美国算起，由西而东，大抵是越喝越浓。到了土耳其，那真称得上是典范。土耳其的谚语是：‘咖啡要黑如地狱、浓如死亡、甜如爱情。’另一方向，美国咖啡，那简直是咖啡的耻辱。其淡如水，无滋无味，难怪法国人说美国咖啡像洗杯水。”此处尚有借题发挥的余地——回教徒嗜咖啡，英美好茶，则当今英美文明与穆斯林世界的敌对，不也是茶与咖啡之战？

冯克利《尤利西斯的自缚：政治思想笔记》（江苏人民出版社）

一般而言，“翻译”相对于“著作”只是二等工作；但在当下的社会科学语境中，尤其在政治思考方面，“翻译”实占据中国知识界的中心地位。对西方学术思想的进口或走私，客观上构成当代中国自由主义的前沿，故经典文本的引介远较本土思考的创获更为关键。也就是说，“翻译”较之“著作”，贡献及影响都更为重大。事实上，不仅当代如此，此实为晚清以降中国知识史的大趋势。作为知识界祭酒的梁启超、胡适，输入西学新知皆构成其学术贡献的重要部分；至于严复（西方社会科学）、冯承钧（西方汉学），更是主要凭藉译介工作而跻身学界主流。

当今对自由主义文本的译述，似以冯克利、秋风最为活跃；其中冯克利偏向政治本位（权力），秋风偏向经济本位（市场）。此外，邓正来之于哈耶克，胡传胜之于伯林，也各有成绩。冯氏有萨托利《民主新论》、哈耶克《致命的自负：社会主义的谬误》、伯林《反潮流：观念史论文集》、古斯塔夫·勒庞《乌合之众：大众心理研究》等译作十数种，其中《民主新论》是关于民主理论最丰富、最清晰的综述，于国人尤为切要。

此书系冯氏译作序跋及书评的汇集，大都不离具体的人与书，其中包括柏克、贡斯当、阿克顿、雷蒙·阿隆这些过去在中国知识圈中声名黯淡的重要人物。《20世纪的维也纳学人》一篇合论弗洛伊德、门格尔、维特根斯坦、哈耶克、卡尔·波普诸名流，揭橥出现代中欧学术文化的大题目，可惜论述尚欠细密。此外，《民主直通独裁的心理机制——重读勒庞》评述为思想史遗忘的群众心理学一代宗匠，似为全书思考最为深入的一篇。

此书既无前言也欠后序，很是低调。我更欣赏这种沉潜专注的有心人，尽管我也知道，这个社会同样需要余杰那样的喧闹者。

谢泳《杂书过眼录》（中国工人出版社）

这是淘旧书淘出来的学问。不过，谢泳所藏所谈的旧书，殊非所谓珍椠善本，多数不过是民国平装书，甚至是平常人不屑一顾的过时读物。特别之处不在那些旧书，而在他看旧书的眼光。由《新名词辞典》的胡适辞条，分析20世纪50年代以后胡适形象的妖魔化；由阎锡山讲话，揭示20年代山西农村的民治主义（也即今之“基层民主”）试验；通过民国《王云五小辞典》与50年代后《四角号码新词典》的比较，可见“几十年的文化沧桑尽在其中，这次第，怎一个‘词典’了得！”皆能由文献细节以见宏观历史的翻云覆雨。《回忆录是靠不住的——读〈黄河青山〉有感》一篇尤为精彩，文章据1946年《申报上海市民手册》所载蒋介石演说辞及现场纪实，辨析黄仁宇回忆录不可信据之处，最可见搜求旧文献的价值。

西哲有言：“一切历史都是当代史。”换个角度，也就是说：历史真相总是为“当代史”所遮蔽，为政治化的历史编纂所遮蔽；而历史学的责任，首先就是要揭露“当代史”的一叶障目，打破当代意识形态的有色眼镜，使真历史恢复其文化原色。

作为原始文献的民国书刊，是研讨现代文化史、知识分子史的第一手材料，一本旧书，甚至一篇旧文，也即一件文物，是最可靠的历史片断；谢氏所做的工作，就是拓开政治的地层，通过考掘现代文化史的细碎遗存，以复原真实的历史现场。“了解一个时代，最好对教科书类的东西保持警惕，而对原始的材料要尽可能多一些敬意。”这是他的经验之谈，不可轻易放过。

多数文字篇幅甚短，一点材料，一点思考，一点感慨，不是大手笔。但有新史料、新见解的短章小品，远胜于有皮无肉、大而无当的高头讲章。谢氏曾在《书不在厚薄》一文中提及一种说法：专著不如论文，论文不如随笔。——表述得更周到些就是：不以扎实论文为基础的专著，不是好的专著；不以微观的读书札记为基础的论文，不是好的论文。至少，谢氏此书已是好的札记。

吴学昭整理《吴宓诗集》（商务印书馆）

旧版《吴宓诗集》刊于1936年（中华书局），新版增补了1935—1973年所作，但删去旧版附录的随笔、论文、诗话等大量内容。

吴宓是个极自恋的人，不仅有篇幅浩瀚的日记（1948年前部分已由三联书店出版，共十册）、提要性的《自编年谱》（三联书店版），还要假借诗作记录一生闻见及交际。他作诗甚勤，有诗必录，诗中多有详尽自注，而且师友的大量酬和、寄赠之作也无不备载。也正由于他的自恋，才为现代知识分子群体的心灵史留下丰富个案。

新版最有价值的内容，我以为要数50年代作品，对于当时政治氛围、社会心理及旧知识分子的思想状态，皆为极可贵的稀见文献。吴氏其时的思想状态似较混乱，在总体的政治立场上，他不能不接受官方意识形态的逻辑；但在具体问题上，则多持愤激的批评态度。“美吾仇敌苏吾友，战是和平暴是仁”“网开三面先儒梦，除恶务尽是今仁”形容反美亲苏、崇尚暴力革命，“谁怜禹域穷乡遍，易主田庐血染红”“分田祠宇尽，喋血岁星周”描述土地改革中的镇压之惨，“阶级惊看严报复，性情深惜废彝伦”惋惜新的政治信条取消了旧的传统伦理，“共颂河清未许悲”“强说民康兼物阜，有谁思古敢非今”概括报喜不报忧的言论特征，“儒生偶语诗书禁，党锢株连月旦评”指知识分子因言得咎，凡此皆属相当露骨的白描或异议。陈寅恪自称“晚岁为诗欠砍头”，而吴氏因为诗作浅露直白，其实比之陈氏更“欠砍头”。

吴宓在学术上可谓悲剧人物。他一生仇视新文化运动，视胡适为思想死敌，可在国学方面，首倡新文化的胡适终成一代宗师，而以保守旧文化自命的吴宓反倒一无所成。他一生最可传世的文字，并非学术专著，倒是这部诗集及日记。

唐德刚《袁氏当国》（广西师范大学出版社）

2004年是广西师大出版社独领出版界风骚的一年。从毛尖《当世界向右的时候》到艾柯《带着鲑鱼去旅行》，从余英时《重寻胡适历程》到唐德刚《袁氏当国》，引人瞩目的各类精品层出不绝。

我觉得《胡适杂忆》是最生动的学人志，《晚清七十年》是最精彩的近代史，可称唐氏两大名著。他以论带史，打通古今，能得其大而不失其小，其议论风生更是万夫莫敌、当世无匹。尽管这并非史学正途，行文有时流于枝蔓油滑，理论构拟亦非其所长（所谓“历史三峡论”），但仍是只此一家的生猛经典。

相对于过去的主流史观而言，唐氏有重评袁世凯、批判孙中山的倾向，这在《晚清七十年》已明白显露（电视剧《走向共和》不过拾此牙慧）。这部《袁氏当国》不过承其观念，续写北洋时代的民国新史。台湾远流版“唐德刚作品集”已打出旗号，将《晚清七十年》五册作为《民国通史·晚清导论篇》，将《袁氏当国》作为《民国通史·北京政府篇》，摆明要通吃民国一朝。只是唐公今已八十又五，年岁犹在杨振宁之上，窃以为唐公要续完民国全史，亦犹杨老续娶二八佳人，恐怕徒有心而终无力。事实上，《袁氏当国》虽仍是水准以上之作，但较之《晚清七十年》已有笔力不继之感。何况，以五册《晚清导论篇》冠首，显然头重脚轻，他到时岂不是还要多写一部《中共余论篇》？

此外，广西师大出版社年初还出过一本李洁的《1912—1928：文武北洋》，由人物故居或遗迹，带出袁世凯、段祺瑞、吴佩孚、张作霖、杨度、陈独秀等人与事，角度甚佳，亦有可观。他对北洋政府及其人物有盖棺不能论定的意味，也跟唐氏趋同，故正好与《袁氏当国》比照合观。

读书钞二题

代笔的鬼和剽窃的鬼

这一阵，方舟子指韩寒有代笔，而自己老婆又被指剽窃，你骂我骂你，没完没了，就像电影《大话西游》里的唐僧，总在你耳边聒噪。

偶读日本梦枕貘“阴阳师”系列的《付丧神卷》，有篇《不思量》，倒是一个特别的代笔故事：壬生忠岑、忠见父子都热爱和歌，但才华有限；凑巧有个一样热爱和歌的诗鬼主动找上门，为他们代笔，而壬生父子则以鬼的作品参与歌会。这样，鬼满足了创作欲，壬生父子则得到了名声，双赢。但忠见到底还有点文学理想，在一次天皇主持的盛大歌会上，他不愿意掠鬼之美，而苦心自创了一首佳作：“恋情未露人已知，本欲独自暗相思。”结果却造成了悲剧……这个鬼，算得上是最伟大的作者，因为他已没有人的名利心，但求作品能流传于世而已。

这个故事，又让我联想到晚唐诗人曹唐的传说。据《太平广记》引《灵怪集》：曹曾寓居佛寺，环境幽胜，遂想出两句诗：

"水底有天春寂寂，人间无路月茫茫。"自觉得意，胜于平时之作。未几，"忽见二妇人，衣素衣，貌甚闲冶，徐步而吟，则唐前所作之二句也。"这两句诗从未示人，怎么就有人吟咏了呢？"因迫而讯之，不应而去。未十余步间，不见矣。"曹将事情告知寺里的僧人，僧人惊道："两日前，有一少年见访，怀一碧笺，示我此诗。"并出示诗笺为证。那两位妇人，及那位少年，恐怕都是鬼类吧。明明是自己的佳句，却为鬼所窃取，不得扬名，曹唐为之郁闷，几天后竟郁郁而终了。——难道，他是奔着阴曹地府去的，要跟窃诗的鬼打官司吗？

在鬼的虚拟世界里，有甘愿为人作代笔的，也有窃人作品的，但我读之，却觉得不失风雅。回看人的真实世界，则无非鸡毛鸭血而已。

锦囊妙句

在垫桌子的旧报纸上，偶尔留意到方、韩之争的一个细节。方说：韩寒有篇回应文章，在对方回应前就发表了；韩答：我已琢磨好对方可能的思路，先把文章写好，待对方文章一出来，我立马就回应，"让对手和观众惊为天人。"

哈哈哈。我想到了两个掌故。

曾国藩平生的强项，绝不是带兵打仗，而是写对联，尤其是挽联。据近人李伯元《南亭笔记》，曾与汤鹏本是老交情，有一年春节，汤到曾家贺岁，"见砚下压纸一张，汤欲抽阅之，曾不可。汤以强取，则曾无事举其平日之友，皆作一挽联，汤亦在其中。”曾大人过年闲得蛋疼，预先为自己的朋友写挽联，碰上汤大人气量不够，“大怒，拂衣而去，自此遂与曾不通闻问。”

有本《西方校勘学论著选》，看书名就可知是专业书，也是闷书；但附录的《古典学家也古怪》却是一篇很有可读性的人物志，写了剑桥大学三一学院的三位古典学名家，最后一位豪斯曼尤令人绝倒——他以刻毒的批评闻名，也乐在其中，证据是：“在他的笔记本中还存有不少弹药，无疑是用来伺候将来可能出现的某个犯错的整理者，名字暂付空缺。”比如有这样的话：“造化促狭，不赋予______先生思考能力，犹不惬意，却赋予他写作的能力。”“我不知道接下来他将就什么样的问题——展示他面面俱到的无能。”“______先生所实施的理校不是一种游戏……而是打发时间，就像倚在墙上吐唾沫。”

只能说，韩寒这招也是曾国藩、豪斯曼玩剩的啦。

书边吐槽录五题

易先生，这是你家的吗？

在书店里看到易中天出了本新书，《易家之言》，书名实在很妙！

冲着这个书名，略略翻了几页，原来是“易中天语录”，也许是从他过去的文章中摘录出来的。见解嘛，不过尔尔。

唯有一处例外，那句话的大意是：如果想在人间造出天堂，结果只会造成地狱。——话确实是精辟的，可是，拜托，这是你的“易家之言”吗？这不明明是荷尔德林的话吗？这句话，哈耶克曾放在其名著《通往奴役的道路》第二章的开头，传布甚广。

刘心武曾将黄庭坚的名句“江湖夜雨十年灯”当成己作，易先生这下是可以跟刘心武一拼了。

记错了，不是什么稀奇事，也没什么大不了。问题在于他们少了点自知之明，没有停下来，想一想：这样的诗，可是你做得出来的？这样的见解，可是你想得出来的？

易先生的文字，大体属于普及的范畴，本就是既有知识和观念的转述，他将别人的名言视同己出，虽然应是无意的，可也不是偶然的。

我不禁怀念起腰封来

看了一出旧片，《布达佩斯之恋》，相当精彩，作为有畸恋、情色成分的电影，我相信比片名雷同的《布拉格之恋》好得多；作为跟钢琴有关的电影，又比著名的《钢琴师》更出色。

上网一查，才知道，电影原名《忧郁的星期天》，据同名小说改编，而且小说也有中译本了。

马上订了一本。书名《忧郁星期天》，暗色封面，处理得相当低调，只在书名旁加了一行小字：“一首要命的自杀圣曲　一段动人的声色传奇”。我想，如像电影一样，将书名改作《布达佩斯之恋》，必定会好卖得多吧！——我很佩服出版者的专业、硬气，但我想，是不是可以加个腰封，提一下那部更出名的电影呢？

有个相反的例：日本推理小说大家松本清张的《球形的荒野》，硬是给“读客小说文库”无赖地改名《一个背叛日本的日本人》，直露，粗鄙。出版方还得意洋洋地夸耀，一改书名，果然大卖。卖你妹啊，你把“背叛日本的日本人”印到腰封上不行吗，效果也差不多嘛。

腰封被吐槽久矣，但对于太有节操或太无节操的出版者，腰封却是个好东西。

学术出版的一种坏风气

向来有人认为，专著不如论文。这是有道理的，因为一般来说，专著为求系统，复述前人见解的成分总不免要多些，而论文则更能体现个人的创见。

过去的出版界当然有很严重的问题，但至少有个好处，就是愿意出论文集。比如，钱锺书四篇论文（还是不太像论文的论文），就可以出一本《旧文四篇》，后来加了三篇，又出了一本《七缀集》，这在今天是难以想象的。又如唐长孺毕生学问的精粹，就在几种论文集，第一部是《魏晋南北朝史论丛》，此后就是同名的《续编》《拾遗》，最后还有一部《三论》；王锺翰最重要的论著也是同名的系列论文集，开头是《清史杂考》，以后就是《新考》《续考》《余考》《补考》。

现在呢？明明本是论文集，却非要编排成专著。即使相当主流的学人，论著也多如是；即使相当权威的出版社，如三联书店，甚至中华书局、上海古籍出版社，也不能免俗。

前一阵买到刘文锁的《丝绸之路——内陆欧亚考古与历史》，系兰州大学出版社“欧亚历史文化文库”的一种，在体例上更是奇葩。你整成专著，也就罢了，还要模仿自然科学专著的架势，每一节都要以数字标示，比如第三编第一章第二节，非得加上“3.1.2”，处处如此，整部书显得七零八落，不知所谓。

这类现象，无以名之，我只想到一句顺口溜：癞蛤蟆上公路，冒充迷彩小吉普。

书名为什么要用双标题？

美国汉学家谢弗有部名著，书名本来叫《撒马尔罕的金桃》，因为意思有点暧昧，中译本就改为《唐代的外来文明》。这样一来，清楚是清楚了，却未免呆板，没有了原来的“异国情调”。为什么不用双标题，把书名做成《撒马尔罕的金桃：唐代的外来文明》呢？

这是应当用双标题却没有用的例子。但据我的印象，如今双标题已很流行，更多的是相反的例子，即本来不必用双标题，却非得做成双标题。

比如最权威的三联书店，就特别喜欢这种调调。像《第三帝国的艺术博物馆：希特勒与“林茨特别任务”》《伊索尔德的魔汤：春药的文化史》之类，还算可以接受；但像姜鸣的《龙旗飘飘的舰队：中国近代海军兴衰史》《天公不语对枯棋：晚清的政局和人物》，扬之水的《终朝采蓝：古名物寻微》《曾有西风半点香：敦煌艺术名物丛考》，岂非“多卵余”吗？就叫《中国近代海军兴衰史》《晚清的政局和人物》《古名物寻微》《敦煌艺术名物丛考》不就好了吗？

若说是为了吸引小资读者的眼球，但就凭这样，想必效果也有限，绝不能达到《你若安好，便是晴天：林徽因传》那样的市场效果吧！

最近检读美国学者达恩顿的论文集《拉莫莱特之吻：有关文化史的思考》（也是双标题），里面有篇文章谈到学术著作出版的窍门，有一项是：“选个醒目的标题。这有两个原则要把握：

一要听上去铿锵有力，二要用冒号。……用个冒号，再用个副标题解释这本书是讲什么的。下面是一些例子，都是从出版社每个星期收到的书稿里选出来的。不过我得承认，这些书我们一般不会出版……”

敢情，这种风气是山寨洋大人的啊。

噢，你也在这里吗？

宫崎骏的动漫《起风了》似乎还未见到影碟，堀辰雄原著小说的中译本就“抢先”推出了。而且，我还先后见到新星出版社、南海出版社两种版本……当时，心里闪过一丝疑惑，没有版权问题吗？

然后，在网上又发现，原来还有第三个版本，长江文艺出版社的。

——我笑了，一定是作者早就挂了！一查，果然那并不是新书，作者死得也早，1904年生，1953年就亡故了。

这让我想到了《飞鸟集》。泰戈尔的其他诗集甚多，但我都不敢读，唯独这部俳句/箴言风格的短诗集，始终很喜爱，也一直特别留意它的不同译本。最好的当数郑振铎的旧译，但其他感觉尚可的译本，我也买过多种……直到2008年以后，我再也不必买了，因为满坑满谷，几乎尽是郑译的天下。在当当网检索了一下，居然有超过20个版本！点解？郑振铎因飞机失事，死于1958年，也就是说，其著作的版权期到2008年就失效了。

还有，胡适的著作我大体齐备，已不需要再买，平时也就不是特别留意了。但近期逛书店，虽不留意，仍觉得胡适的文集、选本触目皆是，多得异常。哦，胡适是1962年死的，刚刚过了版权期嘛。

记得《先上讣告　后上天堂》说到，西方的讣告记者有种职业病，即总是“期待死亡”，时刻准备给名流写讣告；那么，恐怕有的出版人也有种职业病，即总是“期待死去五十年”，期待畅销书的版权过期。如果他们遇到哪些畅销书作者新近加入到“死去五十年”俱乐部，或许会禁不住狂喜，在心里轻轻地说一声：噢，你也在这里吗？

藏物之道与近身之学

——从学术史论可居之学

可居先生之学，事涉多方，业有专门，原非我所能评判；今仅从学术史的立场，试论其为学的源流与风格，已详者略之，不过管窥其一端而已。其中有逸出题外、旁及他人之处，则意在由比较以见其治学旨趣也。

稍知可居其人者，都知道，谈可居的学问，首先不能不谈可居的收藏。而谈可居的收藏，又不能不谈20世纪50年代以来大陆的文化风气。

前一阵翻检到陈垣作于1949年9月的一篇《对北平各界代表会议的感想》，里面说："前些时，有人问我，北平解放后，你看见些什么和以前不同，我告诉他，看见的先不说，我告诉你看不见的。解放后的北平，看不见打人的兵，看不见打洋车夫的警察，街上看不见乞丐，看不见整天花天酒地的政府官吏，看不见托人情送官礼的事情，更看不见有所谓'新贵'在琉璃厂买古董……"（《陈垣全集》第二十二册，安徽大学出版社2009年版）其他事且不说，但说"看不见有所谓'新贵'在琉璃厂买古董”，则显然言之太早了。试看曾几何时，红朝的“新贵”们，如康生、田家英，如邓拓、夏衍、李一氓，不都到琉璃厂乃至全国各地买古董了吗？

当其时，旧的有产阶级群体，尤其是知识分子群体，多凄凄惶惶，处境凶险，文物市场供大于求；而共产党干部中的知识分子，以及少数学院知识分子，政治地位既优越，经济境况亦宽裕，遂因缘时会，在收藏上取旧阶级而代之——借用凡勃伦的著名学说，也就是造成了一个**红色的有闲阶级**，使得传统的有闲文化成为这一新阶级的高雅装饰。故50年代任上海市历史博物馆馆长、上海博物馆馆长的杨宽，晚年针对这种风气有言：“我不禁要问：为什么那些爱国收藏家如潘达于等人要化私为公，把私有的国宝捐献给博物馆作陈列品，反而号称无产阶级代表的高级干部要这样热衷于占有名贵古画，甚至采用结党营私的手段呢？为什么一面在奖励收藏家捐献名贵文物，一面又有高级干部想成为新的收藏家呢？”（《历史激流：杨宽自传》，台湾大块文化出版股份有限公司2005年版，第207页）今日视之，杨宽作此批评的出发点并不恰当，不免“大公无私”的气味，但他指出的现象却无疑是存在的。黄苗子在回忆时也不禁说：“……20世纪50年代中期以前是我一生最快乐的时候。因为在任何地方都没有这个条件。东西又便宜，你买一个很好的明清抄本也只要十多块钱。所以真是好时代……”（《画坛师友共沧桑：黄苗子访谈录》，曹鹏《大师谈艺录》[一]，南方日报出版社2004年版，第162页）但我们要知道，黄苗子的“好时代”，却是大多数知识分子的“坏时代”，少数人之幸，却是天下人之不幸。

当然，话说回来，“好时代”也好，“坏时代”也好，其责任都不是那些“新贵”收藏家所能承担、所应承担的，他们只是适逢其时罢了；而且，作为勃焉而兴的收藏群体，他们的政治身份是新的，但他们的文化担当却一仍其旧，在客观上延续了旧时代的收藏风气，延续了旧文化的传承，甚至也延续了旧士大夫的传统，使中国文化存亡继灭，不绝如线，这是很应当肯定的。（即使如康生者流，也不当抹杀其个人趣味及收藏实践，政治上的功罪是一事，文化上的得失是另一事。）

1949年前后，可居以弱冠之龄随军南下，其地位跟那些红朝的大人物自有云泥之别，但毕竟也属于新社会的主流阶级，而他在收藏方面的摸索与奋进，也正是得力于同样的历史背景，此不可不知也。因此，郑重先生将可居列入“干部收藏家群体”，确实是有缘由的（《换了人间：新中国收藏家》，《收藏大家》，上海书店出版社2007年版）。

自然，可居又异于田家英辈，他绝未自限于收藏一道，而是更进一步，非仅收藏中人，更是学问中人。归根结底，他是以收藏为始，而以学问为归，以学问为本，而以收藏为用，收藏只是治学的工具而已。

如可居辑录《越南景兴钱谱》《越南钱币集拓》，为钱币学的特异之作，即基于其个人的勤搜厚积；又与马飞海合作主编“中国钱币文献丛书”，为旧钱币学的集大成，亦基于其长期积累的钱币文献（后捐予中国钱币博物馆，为海内外最完整的钱币学文献集藏，可参《可居室所藏钱币书目》）；整理《张荫桓戊戌日记手稿》，亦系一己的珍藏；凡此皆属显例。又试检《可居丛稿》，如有关文献的《跋明黄君蒨刻本〈水浒牌〉》《记十竹斋〈印存初集〉》《黄士陵手写本〈穆甫杂录〉》，有关钱币的《记明万历元年“五屯通行钱票”》，有关信札的《东北名人书翰一脔》，皆直接基于个人藏品而作考述，至于间接涉及个人藏者更无论矣。这很可见收藏与学问的相成相济。

作为收藏型的学问家，可居先生几可谓硕果仅存的代表，其藏物之道，即其治学之道也。

可惜的是，《丛稿》所见涉及其私藏的文章、题跋固然甚多，但未见诸文字者恐怕更多。比如可居所辑《金石家翰墨》（未刊）、《可居室藏清代民国名人信札》（北京图书馆出版社2012年版）中的众多藏品，他都未加释论；又如他搜集龚自珍作品的版本最多，《丛稿》有关论文亦不少，却未及汇校为一部新的《龚自珍全集》。

可居的“藏物之道”是渊源有自的，他没有正式的师承，却堪称转益多师。检读《可居丛稿》，他所交往请益的师友，如长于文献学的周叔弢、潘景郑、黄荫普，长于古文字古器物学的于省吾、容庚、商承祚，长于书画学的启功、谢稚柳，长于钱币学的戴葆庭、马定祥，多是以收藏闻名的学问家（参《〈中国钱币大辞典·泉人著述编〉后记》《〈可居题跋〉后记》）。可居亲炙诸人，在治学作风上也可谓承其余绪。

可居先生有个不常用的室名——“越礼在斯堂”，这当然是摹仿了罗振玉的“殷礼在斯堂”，用现在的话讲，也是向罗氏致敬。此外，可居以余事为书家，其书迹雅静内秀，吾友罗韬以为深得罗氏题跋神韵，此亦可谓追步罗氏的一种方式。事实上，罗振玉可以说是可居最为景仰的学林人物了，其于罗氏手泽，历年南北搜求，每见必争，所得集外信札即有四十一通，另有手稿、扇面、题跋若干（参刘春喜、阮华端《中国近代传古第一人——可居室藏罗振玉书翰述略》，《广东省博物馆开馆五十周年纪念文集（1959—2009）》，岭南美术出版社2009年版）。虽然，世异时移，雨打风吹，不论外在环境，抑或个人际遇，后人已再难追步罗振玉及其同时代的收藏家了，但论“抱残守缺”的传古精神（罗振玉自谓“兵戎满地，来日大难，我辈乃欲于此时为抱残守缺之计，冀存三百年之史料，亦可谓天下之至愚”），论“对其本国已往历史之温情与敬意”（语见钱穆《国史大纲》书前语），又岂无其人？如可居先生者，即无愧继者。

关于学者私人收藏文物问题，在此且说一点题外话。

众所周知，受近代西方学术观念影响，中国考古学元老李济一生力主文物公有，私人不收藏文物，至今仍是两岸考古界的无形规则（参《现代学林点将录》李济条）；作为官方考古发掘的参与者和主持者，其言行是有其理由的。但杨宽更谓：“近代中国研究古物的学者，往往兼做古物的收藏家，甚至兼做古物买卖，这是学术界的一种病态。”（《历史激流：杨宽自传》，第196页）则又未免过犹不及。作为官方考古学之外的学者，如罗振玉，如于省吾、容庚、商承祚，如可居，都可算“兼做古物的收藏家，甚至兼做古物买卖”的；但非常显然的，他们的收藏不仅有益于作为个人成就的学问，更有益于作为天下公器的学问。绝对的文物公有，既非必要，也不可能，私人文物收藏与官方考古挖掘并不矛盾，而是互补的，一概责之以“病态”，又何其病态！

可居先生治学的另一个风格，则可以“近身之学”称之。

台湾章群总结教会史家方豪的学术特点有云：“……先生治史则自近身始。身为教士，则治教士来华传教史；身在台湾，则治台湾史；先生数世居杭，余敢必言，先生治宋史，自南宋临安始。”（据李东华《方豪与现代中国史学研究的转变》引，《方豪先生年谱》附录，台湾国史馆2001年版。另参《现代学林点将录》方豪条）方氏本人亦对学生表示：研究历史要由自己家乡的历史研究起（许雪姬《方杰人教授对台湾史研究的贡献》，《方豪先生年谱》附录）。而可居长居岭南，则治岭南文献之学，供职银行，则治古钱之学，正可谓“近身之学”。

文献之学、钱币之学，实为可居最用力的两大领域。其治岭南文献，大者如整理《元大德南海志残本》《屈大均全集》《张荫桓戊戌日记手稿》《明本潮州戏文五种》，小者略检《丛稿》即可见，可不细论。窃以为，其治钱币学，尤其是钱币文献方面，更能代表其深度，亦更能代表其特色。

可居早年由军旅转业后，曾任粤东交通银行经理、汕头地区建设银行行长，其寄托兴趣于钱币问题，至少部分当由此机缘而萌发。盖古钱币之学，清代以来风气甚盛，其所研讨之物固源于古，而所牵涉之理则及于今，可居用力于此道，既能满足文物收藏之好，又能结合社会职业之用，洵可谓“藏物之道”与“近身之学”的结晶。

其专门的钱币学论著不必论，即使表面上与钱币学无关的论著，亦未尝无钱币学的痕迹在。如《记十竹斋〈印存初集〉》《介绍几部明清刊本定价印记》，皆由实物资料探讨古籍价格问题，篇幅虽短，却令人有空谷足音之感；又如《龚自珍诗文集早期刊本述闻（六）》附有《龚自珍研究古币资料辑》，亦人弃我取，为世之龚自珍研究所忽略者（参丁玲《可居室学述》，《广州图书馆藏可居室文献图录》附录，广西师范大学出版社2012年版，第230—231页）。——由此，我甚至有些怀疑，可居先生对龚自珍的特殊兴趣，会不会也是由探讨其钱币学而触发？无论如何，凡此皆可见其钱币学眼光，亦可见其由“近身”关系而形成的“银行视野”。

关于可居先生的银行从业经历及视野，作为个案，值得稍作比较。

银行业为近代以来经济社会的重心之一，检点近百年中国学界，曾司职银行的学者实不乏其例，其中又可约略分为三类：

一类是研究现实经济问题，与银行工作关系密切，如章乃器曾任浙江实业银行副经理，顾翊群曾主持中国农民银行、四行联合总处，梁庆椿曾任职中国农业银行，又如卫挺生（早期研究财政问题，后转向历史研究）曾任职中国银行总管理处，资耀华（研究金融问题）曾任上海银行天津分行经理。（此外，顾准平生似未曾在银行工作，但早年著有《银行会计》。）

另一类是研究经济史问题，与银行工作有间接关系，如冀朝鼎（著有《中国历史上的基本经济区与水利事业的发展》）曾任职上海商业储蓄银行、中央银行经济研究处，罗玉东（著有《中国厘金史》）曾任职中央银行，彭信威（以《中国货币史》著名，据说他是为了研究中国货币史才进入银行工作）曾任职香港中国银行，卫聚贤（领域杂多，著有《山西票号史》）曾任职中央银行。

还有一类是在治学上与经济、金融问题无甚关联，其银行工作纯属外在的事业或职业，如叶景葵（文献学）曾任浙江兴业银行董事长，梁启勋（精于文史、专于词学）曾任职中国银行、中国联合准备银行，谢国桢（南明史）曾任职上海大中银行，黄苗子（书画及其历史）曾任广东省银行监察人、中国实业银行董事、中央银行秘书处副处长。

由此观之，可居出身军旅，未受过经济学或金融学训练，其论学实不直接涉及经济学问题；但他司职银行，近水楼台，终有金融问题意识，或多或少体现于其基本思路及研究对象方面。其所研治，非致用之学，重古不重今，性质约略在第二、第三类之间，尤其在彭信威与叶景葵二氏之间。故有可居先生在，则此一学术系谱遂可谓至今不绝矣。

总体而论，在治学取径上，可居大体可归入文献学的范围，其治文献固然是采取文献学方法，而其治钱币学，实以钱币文献为重心，亦多采取文献学方法。不过，其《从古代中外货币交流探讨广州海上丝绸之路》一文，则有综合透彻的眼光，于货币史、中外交通史及岭南历史皆深有价值，固已超出文献学之上；而就题材论，此文既以货币问题为主，又攸关于岭南地区，皆契合于“近身之学”的旨趣，尤能代表其论著的精萃。

回想往日拜访可居先生时，他屡引钱玄同的两句诗“斜阳流水干卿事，未免人间太有情”（按：此实为沈尹默诗，见周作人《药味集·禹迹寺》、《苦茶庵打油诗》之四自注一篇，检沈氏诗集未见），提醒我宜潜心做古代的学问，勿牵涉现实的政治，这当然也是有其自身遭际的体会与感叹在内的。可是，即便如此人间，孰能免此有情？可居治学“自近身始”，尝自述：“予自铁岭牧马南来，忽忽已五十四春秋。生我辽东，毓我岭南，故视岭外为不佞第一故乡也。而于乡邦历史文物所得亦非少……”（《高纲〈二十七松堂集序〉跋语》）这最可见他的“太有情”。

以上论“藏物之道”与“近身之学”两事，我以为是可居先生治学的大端，是其特色所在；至于其具体成就，尤其是涉及收藏各门类的林林总总，则非我所敢论列，丁玲先生《可居室学述》已有详细的述评，大家可以参考。

唯有一事不妨拈出，略作申论。

可居早年随军驻防天津时，承当地一位老人赠予所藏火柴商标巨册，遂引发他对火花的研探，后乃与刘顺卿、王藜青合著有《中国早期火柴工业及其商标》（1963年油印本），系此领域最早的专著。在可居论著中，这恐怕是易受忽略的，甚至可居本人也未必重视的。盖以新技术的嬗替，火柴之为物，至今几成弃余的刍狗，在日常生活中已无足轻重；又因为其历史较近较短，在收藏上似亦不甚入流品，而在学问上就更不足道了。

然而，在物质文明史上，在日常生活史上，乃至在经济社会史上，火柴都曾占有一个相当重要的地位。试看晚清时，日本火柴制品占了中国市场近八成，获利无算；20世纪初，瑞典克罗伊格即凭制造、销售火柴而富可敌国，号称“火柴王”；民国时，中国实业家刘鸿生亦以火柴制造为其经济上的一大支柱。在“卖火柴的小女孩”的时代，其物虽微，其利却巨，是我们今日难以想象的。

在此，可以举胡适收藏火柴盒的掌故为例。据夏鼐1946年11月30日所记，当晚胡适与史语所同人饭局时说笑，“最后，胡大使自述在美时，美国新闻记者或谓胡大使为名誉博士之Collecter（收集者），或谓大使为洋火盒之收集者（美国各家餐馆、旅舍、车船及飞机皆有其特制之火柴盒），实不知余同时为怕太太故事之收集者……（《夏鼐日记》，华东师范大学出版社2011年版，卷四第83页）罗家伦20世纪50年代也回忆，胡适曾跟他说过：“人家都知道我是一个名誉学位的收集者，人家也知道我是洋火盒子的收集者（他喜欢搜集美国各种不同精美的火柴盒，有几千个之多），但是人家不知道我是怕太太故事搜集者……”（《胡适之先生出任驻美大使的经过》，收入罗久芳《罗家伦与张维桢——我的父亲母亲》，百花文艺出版社2006年版）胡适1958年12月出席台湾“中央研究院”庆祝宴会时，讲得更详细：“记得抗战期间，我在驻美大使任内，有一位新闻记者写了一篇关于我的报道，说我是个收藏家，一是收藏洋火盒，二是收藏荣誉学位。……谁知这篇文字发表后，惹出大乱子来。于是有许多人寄给我各处各式各样的洋火盒，因此我还得对每个人写信去道谢。后来我把我自己的洋火盒寄给一些送我洋火盒的人。谁知有一位朋友把我送的洋火盒在报上刊出来。我的洋火盒是篆字‘胡适’两字的图章，白底红字的封面，于是又惹出来不少麻烦，很多读者纷纷来信向我要洋火盒。我的收集洋火盒，并不是有特别大的兴趣，只不过是我旅行到过的旅馆，或宴会中的洋火盒，随便收集一些，加上别人送给我的，在我的大使任内就积有五千多个，我留在大使馆内。”（胡颂平《胡适之先生晚年谈话录》，中国友谊出版公司1993年版，第3—4页）胡适当然不至于将小小的火柴盒太当一回事，但他不仅搜集，还自制个性火柴盒，“为此无益之事”，也足可说明当年火花的特殊吸引力。前有绩溪胡氏的收藏火柴盒，后有铁岭王氏的研究火花，亦可谓学界佳话也。

火柴此物，作为日常生活用具，在性质上近乎名物一类；近时由于扬之水、孟晖的研治，名物研究颇成为一时风尚，焉知今日不时髦的火柴，百十年后不会成为时髦的学问呢？如此，可居先生的火花研究，也并非“无补费精神”之事也。

最后，还想说一点学术之外的话。

世上或许有纯粹的学问，却不会有纯粹的学人，任何学人，也都是生活在世间的。他们在凡俗的世间，总有着不同的际遇，不同的因缘。

可居先生在收藏和学问上的崛起，是得益于“干部收藏家群体”这一身份；但这一身份，也绝非没有成为其收藏和学问之累。可居1957年被打成右派，身心方面所受的打击自毋庸说，仅藏品方面，亦颇有散佚，而不可复得矣（参郑伟章《文献家通考》王贵忱条目，中华书局1999年版，下册第1711—1712页）。此系其幸中之不幸。

另一方面，即使成了右派，也未尝没有意外的益处。章诒和回忆其父章伯钧当了右派后，来访的储安平问他："伯老，你家的客人少了，还能习惯吧。"章答："客人不但少了，而且都是清一色。"并作了个戴帽动作（《两片落叶，偶尔吹在一起——储安平与父亲的往来》，《往事并不如烟》）。可居的情形也不无相似。他曾跟我提起，当日他交往者多学界中人，其中复多右派，其家中童子无知，曾指曰："都是牛鬼蛇神！"当其时，谈笑有白专，往来皆右派，尤其是作为学问家的右派，这对于可居在治学上的进境当然是有助益的。此则其不幸中之幸也。

可居先生宅中，长期挂着一幅"可居室"的木匾，系根据王世襄先生题字蚀刻的。王世襄的落款，有"同年"二字。盖二老同为右派，故相互间以科举时代的惯语戏称。可居在政治上的"同年"阅历，不是我们所能完全体会的；正如他在学问上的"藏物之道"，也不是我们所能真正继踵的。到如今，可居先生的"同年"们，已多为异物，可居已成了学术界罕有的"贞元朝士"，在他，多少会有些寂寥之感吧？尽管如此，这终是我们晚辈的幸事。

有无数名士鸿儒在前，后来者要做出一点学问，似乎越来越不容易；但我想，做学问的途径其实很多，各有各的因缘，各有各的门道。尽管可居先生的为人为学，非我辈可以直接效仿，但他作为一个榜样——不论是他的自学成才（军旅出身），还是他的塞翁失马（右派遭劫），不论是他的"藏物之道"，还是他的"近身之学"——都能给我们很多的启示。故读《可居丛稿》其书之外，还需要读一读可居先生其人。

补记：

芥川龙之介在谈论收藏问题时，曾举火花为例："收藏家都富有激情。特别是某些收藏家，仅仅为了搞到一张火柴商标竟然周游世界，他们几乎等于激情本身。……对于为搜集火柴商标投注的激情，我表示'同情'。不，与其说是同情，不如说是敬意。不过对于火柴商标本身的价值，归根到底我抱有怀疑。"（《续野人生计事·收藏》，《芥川龙之介全集》第3卷，山东文艺出版社2005年版）芥川于收藏癖实抱有批评态度，然由其叙述，却可知当日火花收藏风气是何等之盛。如此，对于胡适之、可居室的火花因缘，也就更易理解矣。

学问的人生

——怀张晖

张晖的追悼会，我没有去。听说，正在那天，北京下了一场多年来罕见的大雪。

我比张晖要整整大上十岁，可是我还没有见过雪。我错过了他的最后一面，也错过了这场离别的雪。

这些天来，我所能做的，只是留意着网上关于他的种种评论，也搜寻着自己关于他的点点记忆。

我跟张晖的交往并不早，也不算密切，可说是学问之交，君子之交，跟他的友人、同事相比，他给我留下的片断印象是微不足道的；可是，对于他短促的人生来说，些许的雪泥鸿爪，也是值得珍视，也是值得写出，作为他生命正文的一个注脚的。

回想起来，我们相交，应是由于我笺释寒柳堂诗，在《龙榆生先生年谱》里发现一些线索，遂贸然去函，希望他能提供有关资料。前两天检点过去的信函，找到他的两封信，一封写于2001年10月间："陈、龙二人交往诗词不在手边，无法复印呈上。因为我明年6月毕业离校（拟去其他地方读博），故今年7、8间已将在校的图书资料大部分搬致上海家中，陈、龙交往诗词亦已放在家中。拟于寒假再行复印呈上。乞谅！”一封写于次年2月间：“您需要的陈寅恪教授的一些材料已经找出，今寄上。手迹为龙榆生教授亲书。”

《陈寅恪诗笺释》所征引的史料，照我的印象，大体皆据已刊的文献，未刊的文献极少，张晖提供的这批材料，应是其中最大宗也最紧要的。考虑到龙榆生的学术地位，以及20世纪五六十年代他与陈寅恪交往的频密，若缺少这些参证材料，对陈诗的理解自不可能完整，《笺释》也就有很大的缺憾。前些时正在做《笺释》增订版的工作，龙榆生诗词的文本出处，已改从新刊的《忍寒诗词歌词集》，而删去初版时“张晖提供”的字样，但他的学术风谊，在我的回忆中当然是不会删去的。

张晖给我的印象，是外表敦厚，性格谦和，虽然头角早露，却绝无自矜之意，可谓人如其学，学如其人。不过，我们的初次见面，我已没有什么印象，当是他到了香港科技大学读博之后。只记得他说过科大所在的清水湾环境优美。后来张霖在广州中山大学读博，往还见面稍多。而较有印象的一次，是我们跟乔纳森（刘铮）、何家干（张文庆）一同去了香港的图书义卖。

我每逢到香港搜书，则写简单的日记。查旧日记，2004年2月20日提到：“长短句（张晖）在‘天涯’告知香港要搞旧书义卖，问我来不来。”也就是说，那次“活动”可说是张晖引起的。第二天则提到：“早上九点正到中央图书馆。十点才开始，但已排了很长的队。五元一本实在太便宜。香港的电器、衣服虽然跟广州差不多，但香港一份报纸，一瓶矿泉水，一个面包，也要五元啊！……我抢得比较有节制。何家干第一轮买了300元。张晖来晚了，也买了200元。”不过我主要只是记书账，甚少记人，只在日记旁补了一句：“另有一本徐复观《中国文学论集》，送给张晖了。”

说起来，那段时期，我们都常去“天涯社区·闲闲书话”，他用“长短句”的网名（自然是源自他的专业）晒过书，也卖过书。当时我们多通过网站的短消息联系。可惜不知何时开始，“闲闲书话”逐渐扩张，趣味迁变，旧人星散，我久已不登录；好不容易想起密码，成功登录，却找不到短消息一项，张晖过去给我的信息，就此在“天涯”湮没。

以后他北上，我赠他七绝一首，似乎就是通过网站传给他的。现在仅记得最后一句：“只恐长安不易居。”而后来，长安是更加不易居了。

最后一次见张晖，是在2010年。当时清华国学研究院主办了一次关于《陈寅恪先生年谱长编》的研讨会，我在会上初识刘梦溪先生，会后又登门拜访刘先生，就叫了张晖同去。

此后我们就只是电邮联系。

就在我们最后那次见面未久，他曾发来一个邮件：“因××可能会拉到一些资助，我想借此机会点校一些近人的诗出版，初步在二十种左右。如各种条件允许，我很想出版汪埱、汪兆镛、兆铨、兆铭一家之诗，此外，黄秋岳、梁鸿志、李释戡、诸宗元、梁鼎芬、赵叔雍、李瑞清、汪东、胡翔冬、谢觐虞等，也有兴趣出版。限于视野，我大约总是以与汪政权有关者及东南一带诗人为两大宗。如何做才能较有意义呢？”我给他泼了点冷水，提醒他注意：“一、这是为人之学，对大家当然是好事，但所费时力恐怕很大，而对你个人，就未必都能转化成研究性的东西。二、能出汪精卫、梁鸿志、黄秋岳当然好，汪氏家集也很有意思，很多人都会有兴趣，但目前要正式出版恐怕不易——除非是像台湾那个（按：指台湾刊印的《民国诗丛刊》）一样，出个几十上百种，那就没有那么显眼了。但若要零卖，还是不容易吧。三、××拉的赞助是否可靠？……如果真有钱，倒可考虑办个杂志（丛刊性的也行），以近代诗词为重心，奠定一个阵地，推扬一种风气。过去龙榆生正是靠办词刊起家的嘛，刘梦溪先生其实也是靠办《中国文化》起家的，哈哈！简单说，编书不如办刊。”随后他回复：“所言极有理，受教受教。果然一时冲动靠不住。……还是专注南明和章太炎，把这两个成果弄出来要紧。办杂志有意思，当图一宏大的非专业的刊物。呵呵。”此事后来不了了之，但他生前筹办《近代（文学）评论》，则仍与“当图一宏大的非专业的刊物”的志愿不无关联。他提到的“南明和章太炎”，应指南明之际的文学、章太炎的诗，记得他曾有笺注章诗的意思，但似无下文（按：闻已完成近百首的笺注稿）。尽管如此，这点滴思绪，很可见他的学术趣味的流泻，也可见他学术心灵的充溢。

也是在这一年，我的《现代学林点将录》出版，张晖写了篇书评。我感觉好话说得太多，在他而言虽出于本心，在外人看来则不免阿私了。不过他也有一点批评：书中谈到卞孝萱以印章证史、周勋初以小说证史，他认为不太确当，因为古典文学研究界多以为卞氏更着重以小说证史。对此，我回应说：“我查了一下，卞孝萱强调唐传奇与政治的关系，其实是继承了陈寅恪之法（但在具体观点上他对陈颇有批评）。所以你指出小说证史问题，确应补入陈、卞两人，再列举周勋初的提法。”他答复：“所言甚是。卞先生文集行将出版，多考订旧学，若以兄标举之标准而言，卞先生实在算不上一位一流的学者。然而，即使成为这样的学者，也要付出艰巨的努力。一流其难哉。”张晖曾从卞先生学，故有此感叹。随后，他发了一个电邮并附件：“读大作，因无俞平伯，盖俞曾是我最喜爱的学者，所以近撰一文，谈俞之淑世情怀，亦偶寄感慨也。”此即收入《无声无光集》的《俞平伯的淑世情怀》一文。读维舟回忆文章，乃知张晖早年极喜《红楼梦》及红学，他自述曾视俞先生为“最喜爱的学者”，当与这重因缘有关。或许，这也可以视为他对《学林点将录》人选的一种含蓄批评吧。

张晖最后的主要工作，应是整理龙榆生遗存的往来信札，今年1月20日，他来邮件：“最近在整理龙榆生遗物，有近人书信近千封。我和刘铮说了一下，想以某某致龙榆生函为题，陆续在报纸上介绍。其中有陈寅恪函十多封，其中一封信钞示通行的《阜昌》诗，明确作《题双照楼诗集》。……另有陈氏佚诗二首，照片两张，寄上供参考。”我为之大喜，因为《陈诗笺释》的增补已到最后阶段，正好来得及补入。当天他收到回复，又传来《新发现的陈寅恪给龙榆生诗函》一文，我提了几条意见；21日我又传去一则补充意见：“照情理，《阜昌》诗是因汪去世而作，《题双照楼诗集》不应当是原始的诗题，而且吴宓日记也只是说是挽汪诗，未记诗题，可作旁证。可能后来时过境迁，才改题《双照楼诗集》，这样因书而作，比因人而作，显得低调一些。”他当天答复：“颇有理。”——不过，此文稍后在《南方都市报》上刊出，关于《题双照楼诗集》题名一事，内容并无改动。或因文章已传，来不及改，或因事涉琐细，他觉得暂不必改吧。

“颇有理”，这就是他给我的最后的邮件，最后的通讯，如此简短，就像他的一生。

对于张晖的猝逝，已有无数的感喟，关于生活压力，关于学术体制，住房，薪酬，职称，种种的不如意。此亦事出有因，也是应有之议。可是，我更愿意退后一步，从抽象的层面来看待这件事。

生命的脆弱，于我们每个人都是同样的，不论我们是学人，还是常人，总会有“既痛逝者，行自念也”的时候。那么，作为一个做学问的人，我们应当如何面对生命的脆弱？或者换个说法，作为一个脆弱的生命，我们应当如何做学问？

我的想法是：世界上有许许多多的事业，未必只有做学问才是最了不起的、最神圣的，只是做学问也绝不低于任何一种事业。它是一种有趣味的事业。作为学人，做学问就是我们证明自身存在的方式，是我们感受生命、呈现生命、释放生命的方式，是我们与不断消逝的生命相对抗的方式——尽管是终归失败的对抗，可也是值得骄傲的对抗，就像海明威笔下那个老渔人，就像加缪笔下那个西西弗。归根到底，跟其他世间的事业一样，做学问是一种人生态度，是一种生活方式，隐显必于是，贫富必于是。勤奋地治学，也就是在积极地生活。如果非要追问学问的意义，也许就在于此吧。

汉朝的夏侯胜、黄霸由于勇于提出异见而系狱，黄霸要跟夏侯学习《尚书》，夏侯表示两人已是死罪，何必去学，黄霸乃引《论语》的话回答："朝闻道，夕死可矣！"我觉得，这句话或许是我们祖先最伟大的话语之一，不仅代表了人类的求知欲望，更代表了生命的积极精神。我过去在《中国早期方术与文献丛考》的跋里，引用过马丁·路德的一句话："即使知道明天世界毁灭，我仍愿在今天种下一棵小树。"这跟孔子、黄霸所言，也是意蕴相通的。

生死无常，不是我们可以猜得到的；学问无边，也不是我们可以做得完的。那么，能做多少，就做多少，能做到什么时候，就做到什么时候，但问耕耘，尽我本分，可矣。

从这个角度来看，张晖是尽了本分的，应当说，他已超出了本分，尽可能呈现了他的生命，他的热力，他的光辉。

在诸多的已刊著作中，新出的《无声无光集》代表了他治学的广度，而《龙榆生先生年谱》《中国"诗史"传统》二书，则代表了他治学的深度。后二种著作，或系联人事，或考辨源流，为不可无的踏实功夫，皆足以传世。此外，未刊者还有专书《易代之悲：钱澄之及其诗》《帝国的流亡——南明诗歌与战乱》，有文集《朝歌集》，有编著的《忍寒庐学记》《中国文学的抒情传统：陈世骧古典文学论文集》，有用笔名"闻幼"发表在《南方都市报》上的十多篇书评……他以篇幅无多而内容丰富的人生，践行了“朝闻道，夕死可矣”的精神，践行了“即使知道明天世界毁灭，我仍愿在今天种下一棵小树”的精神，对此，我们既应当感伤，也应当感奋。

我们应当为逝者的离去而伤怀，却不必为生命的短促而灰心。

在《学林点将录》中，我写到几个早逝的英才：刘师培、刘咸炘，终年皆三十六岁；张荫麟，终年三十七岁。此外有姚名达，得年也仅三十七岁；还有范希曾，三十一岁；支伟成，甚至只得三十岁。论年寿的不永，论学术的早熟，张晖是可以跟这些前辈相提并论的，这是他的不幸，也是他的光荣。

据维舟回忆，张晖说过：“我有时觉得这是个末法时代，可是你要好好做，把东西留下来，要相信会有人看得见，即便只是非常幽暗的光。”这几句话被转引得最多。话是有内涵的，但不免悲观，也许只是他一时的感触吧。我并不觉得张晖是个忧愤、愁苦的人，他已有所好，有所爱，有所成，有所得。

大约就是针对这些话，吴真在微博上回应：“深海鱼类，若不自己发光，便只有漆黑一片。”此系日本明石海人的和歌，用到这里，也恰当得很。每个人都在寻找一种发光的方式，而张晖，一直在发出深海鱼类那种“非常幽暗的光”，他仿佛是感觉到命运的敲门声，越是接近生命的终点，越是倾力发出了更多的光。

当然，张晖之逝，终究留下了太多的遗憾。

刚刚看到最新发表的张晖遗文《寻找古典文学的意义》，

有一处说到："好的人文学术，是研究者能通过最严谨的学术方式，将个人怀抱、生命体验、社会关怀等融入所从事的研究领域，最终以学术的方式将时代的问题和紧张感加以呈现。……试看学术史上第一流的学者，我们就可以知道，学术的向上一路是怎么走的，而学者一旦将对政治、社会、文化的诸多不满内化为治学的驱动力，则必将大大提升学术的境界。从黄宗羲、顾炎武、王夫之一直到章太炎、陈寅恪，他们的研究莫不如此。具体到古典文学研究中，很多研究成果都诞生于学者对于时代的紧张的思索之中，比如朱自清的《诗言志辩》、陈世骧将《文赋》翻译为英文而将《文赋》的主旨理解为'抵抗黑暗'，均是明证。"这些话，我觉得说得相当透辟，是见道语。

严耕望曾批评陈寅恪的《柳如是别传》"寄寓心曲，有一'我'字存乎笔端"，透露出人文科学的两种不同旨趣：追求实证，追求兰克式的"如实地说明历史"，如严耕望者，可称"无我之境"；有情怀，有寄托，如陈寅恪者，可称"有我之境"。（在此，我借用王国维《人间词话》的著名概念，想必是早年专攻词学的张晖所乐意的。）但严先生似乎忽略了，他自己主要研治制度变迁和地理沿革，属于历史的客观问题，自不妨强调治学的"无我之境"；但陈寅恪辨析钱柳诗所隐含的政治寓意，探讨明清之际的史事人情，却不能不涉及人的主观问题，则其治学的"有我之境"，不也是自然而然的吗？若无"我"的存在，又谈何"了解之同情"呢？而张晖所理解的"古典文学的意义"，正类同于寒柳堂治史的"有我之境"，可见他阅历渐增，对治学的体会已有更深的进境，只可惜已来不及展开，来不及实践了。

在无尽的遗憾之外，我还有两个属于私人的遗憾，一个是学术旨趣方面的，一个是生活喜好方面的：

张晖去年出版的《中国“诗史”传统》，系台湾版《诗史》的重刊，据说颇有增易，但张晖在邮件中只说：“近刊《中国“诗史”传统》，乃去年年底评职称，遂旧作新刊，不好意思再寄奉。”因此，我手头只有他签赠的《诗史》。此书原题《中国文学批评史上之“诗史”概念》，是从文学批评角度分析“诗史”内涵的衍变。张晖读博的方向是文学理论，从这一角度入手也属顺理成章，而且，这个角度本是“诗史”的主流，只不过至于今日，反倒为陈寅恪式的“诗史”实践所遮蔽了。当然，我更感兴味的，也正是陈式的“诗史”，也即历史学角度的“诗史”，故这部《诗史》，我并没有仔细看过。可是，从收录在《无声无光集》里的《诗歌中的南明秘史》一篇，从张晖的遗著《易代之悲：钱澄之及其诗》《帝国的流亡——南明诗歌与战乱》的主题，我分明感到，他近年的论说已逐渐接近寒柳堂式的“诗史互证”，那么，在学术上，我们原本定会有更多的契合的。

维舟的长文《平生风义兼师友》，细腻地追述了张晖青少年时代的学术奋斗，悱恻感人，但情调似乎稍嫌灰暗；我更喜欢小旁写的《有声有光的老灰》，哀而不伤，泪中有笑，刻画了一个学人的世间风貌。印象尤为深刻的是这一段：“除了醉心学术，老灰还有一个爱好就是吃，尤其是甜品。彼时老灰在香港，老霖在广州，两人时常忙碌地穿梭在粤港之间，而探亲的频率多半取决于老灰冰箱里食物的消失速度。……‘好吃得快要哭了’，是老灰用来形容美食的最高评语，他治学方面如此了得，在对待食物的品味以及形容食物的辞藻方面却又十分幼齿。”难怪，我也记得，曾跟他、沈展云、乔纳森一同在广州文德路吃过甜品呢。我是一个港式奶茶的迷恋者，而张晖久居香港地，又好甜品，想来也是奶茶的同好吧？而北京那个地方，有几个地方能找一杯像样的港式奶茶呢？在生活上，我们原本也会就甜品和奶茶有更多的交集的。

可所有这些都无从谈起了。

在张晖故去的当晚，我写了一首悼诗，今亦附于此：

徒闻万寿塔，把臂已无从。维港几番月，六朝何处松。与时辨诗史，据实谱词宗。不信声光歇，新编墨尚浓。

万寿塔，俗称玲珑塔，也就是张晖当日朝夕相对的那座“无声无光的石塔”。塔虽久已无声无光，但历数百年尚存；如今，张晖也无声无光了，信亦如此塔，有那不朽的名。

补记：

《孟子·尽心上》有言：“殀寿不贰，修身以俟之，所以立命也。”意谓不以生命长短为念，尽其在我，做到最好。我以为，这个意思跟“朝闻夕死”也是大同小异的吧。

《金庸识小录》序

读严晓星《金庸识小录》稿，有两点感受最深：一是对小说文本读得细，每能穿透纸背；二是“杂学”功力甚深，每能知人所不知，详人所不详。

比如，《笑傲江湖》《鹿鼎记》都有影射当时大陆政治的内容，我过去也曾提及，《鹿鼎记》写神龙教教主在夫人的唆使下打击元老，提拔少年，明显影射了“文革”。而晓星更指出：神龙教伪造的天书里有一句“吐故纳新”，教中“高干”黑龙使也说：“吐故纳新，我们老人，原该死了。”这里的“吐故纳新”，并非随意运用成语，而是有“今典”的——当年毛泽东说过“要吸收新血液，要吐故纳新”，由此开展了一场“吐故纳新”的整党运动。举此一例，就很可见他读书的细致和敏锐了。

又如，《鹿鼎记》里有个太监说到皇宫的事情：“……太后和皇上的菜肴，一切时鲜果菜，都是不能供奉的。……倘若皇上吃得入味，夏天要冬笋，冬天要新鲜蚕豆，大伙儿又只好上吊了。”对于这些话，我们一般人都不会特别留心，但晓星却又指出，金庸可能是受了鲁迅杂文《谈皇帝》这一段的影响：“往昔的我家，曾有一个老仆妇，告诉过我她所知道，而且相信的对付皇帝的方法。……吃的东西也不能随便给他吃，倘是不容易办到的，他吃了又要，一时办不到；——譬如他冬天想到瓜，秋天要吃桃子，办不到，他就生气，杀人了。”又引吴相湘《三生有幸》作对比：“我在北平时常听故老传说：顺治皇帝喜爱菠菜，称之为‘红嘴绿鹦哥’。北京一年四季有菠菜，传说即为迎合帝旨。深恐帝一旦传菠菜，而无菜品供御，可能要受处罚。”能如此旁征鲁迅、吴相湘笔下的细节，跟金庸作一个“对照记”，除了善于联想之外，非有广博的阅读基础不可。这又可见，晓星虽有“金学家”的功底，但他的功夫其实更在金庸之外，在武侠小说之外。（顺便自夸一下：研究陈寅恪诗，功夫也得在陈寅恪之外，仅仅熟悉陈寅恪，是无法作出《陈寅恪诗笺释》的。）

总而观之，《识小录》以考掘有关古代故实方面的内容最多，也最有价值。如谈明教与明朝，是历史学；谈金庸所受古典小说的影响，谈“喜心翻倒”，是文学史；谈蟹汁化漆、象鸟、折扇，是博物学；谈大同姑娘，是风俗史；谈双蛇杖，谈“皮格马利翁现象”，更是西学。如此种种，皆左右钩稽，而见一己之得。虽以短小的札记体裁写出，仅成就一册小书，但能免于陈言，其价值实远在坊间所谓“金学”论著之上。

在此，还想说些题外话。

我总觉得，单纯从文学史的立场，无论评价有多么高，仍不足以真正认识金庸。在至今为止的现当代文学史编纂中，海外的武侠小说仍处于边缘，甚至于不入流。身在庙堂之外的王朔尚且轻蔑地批判金庸，则金庸的文学史地位也就可想而知了。可是，假如我们换一个立场，从所谓“传统文化”的角度观察金庸，观察其他的海外通俗文学，就很容易感觉到他们作品中的古典内涵；也就是说，恰恰是海外通俗文学延续了“传统”一脉的香火，使其不绝于大众文化领域。而反观近半世纪风刀霜剑的大陆文坛，在那些主流作家的身上，又有多少“传统文化”可言呢？因此，晓星能从金庸小说中挖掘出如此丰富的古典话题，绝非偶然。试问又有哪一位当代大陆作家，能够让我们，或者说值得让我们，也作一部《识小录》呢？

对于金庸晚年的某些言行，我曾有不客气的批评；但对于他的小说，我仍只有欢喜赞叹。眼见有些学院中人质疑他的学识，内心颇觉不平，他们哪里配！如果说陈寅恪是“从史实中求史识”的话，那么，我以为金庸称得上是“从故事中见史识”的。（我曾写过一篇《古典今情中的施琅》，特别以《鹿鼎记》的情节为例，分析金庸的历史观。）以他对中国史的认识和理解，本不需要学院派的承认，他垂老还去读剑桥的历史博士，实属多此一举。而剑桥的汉学家们，倒是应当将金庸小说作为博士论文的题目呢。这些话，想必晓星也是同意的吧。

当代论“金”之作，林林总总，泥沙俱下，除海外倪匡的早期评论，以及对版本下过功夫的陈镇辉《金庸小说版本追昔》、林保淳《解构金庸》之外，我个人最欣赏的有三家：王怜花《江湖外史》，王怡《不服从的江湖》，还有就是这本《识小录》了。在金庸的江湖世界里，王怜花看到的是激扬文字的青春，王怡看到的是政治和法律，而严晓星看到的是历史和文化的碎片。他们或自浇块垒，或借题发挥，或考镜源流，都不属于一本正经的金庸研究，可谓“写在金庸边上”。这让我想到鲁迅评《红楼梦》的话：“经学家看见《易》，道学家看见淫，才子看见缠绵，革命家看见排满，流言家看见宫闱秘事……”我想，对于伟大的作品，因其内涵的丰富性，总会有不同视界、不同专业的解读。对曹雪芹是如此，对金庸也应是如此。其实论知识和思想水平，相对于各自的时代，曹雪芹又何曾及得上金庸呢？

我对晓星，最早只看过他写的这些金庸札记，后来又见到他出了《近世古琴逸话》，最近才知道他对《孙子兵法》极感兴趣。总的说来，对他不能说特别熟悉，至今也未曾识面，原本缺乏作序的资格。但考虑到金庸小说是我们——甚至也是我们这一代人——成长时代共同的青春课程和集体记忆，遂不敢推辞，兹序如上。

罗韬文稿序

给罗韬的文集作序，我是当仁不让的。不仅因为他已给我的书写过好几篇序跋，本宜投桃报李，有来有往；更重要的是，我自认最能理解他文章的价值。

先说些题外话。

学识学识，但学、识之间，自有区别。古人得书甚难，博览自然也难，故博学诚属一种稀有的素质，强调"学"当然是有理由的；但今人得书太易，知识以排山倒海之势涌来，相对而言，"学"就显得不那么可贵，而"识"才是更稀缺，因而也更可贵的。但偏偏在这个博学变得容易的时代，"学"却是最受重视的，而"识"反倒成了孤魂野鬼，往往流浪于学院派的门墙之外。这可以说是学术思想史的错位。

在我的《现代学林点将录》里，有相当繁琐的注释，字数可能占了全书的一半。写成这样的体裁，是由于我本有相当的文献积累，包括不少稀见的材料和线索，还有一些相关的按断或见解，不连带写出来，未免可惜；同时我也很明白，若非有那么繁密的引证，一下子眩人眼目，别人是不易接受正文的论断的。事实上，不附注释的正文在报上连载时，就不乏恶评者。非依赖脚注的分量，则不能体会到文本的分量，非依赖“学”，则不能体会到“识”，这实在是有些可悲的知识状况。

从此角度而言，罗韬文章的特点，是辞少意丰，不以材料胜，不优长于“学”的堆砌，而以通识胜，以辞章胜，能将“识”与“才”融贯无间，思虑与辞采相际会相焕发，固今世所罕见，而又不甚合于今世者。

罗韬的文章，或许还不够多。我不好说他在学术上已有多大的成绩，但至少可以说，他在论述中所表现出来的识见是难能的，用通俗的话说，是有“技术含量”的。而文章是否有“技术含量”，不是有多少篇幅可以衡量的，也不是有多少脚注可以衡量的。（有区区一纸，或重于泰山，有皇皇巨著，或轻于鸿毛。在我看来，张中晓的一册《无梦楼随笔》，其光辉并不亚于钱锺书的《管锥编》；高尔泰的一册《寻找家园》，其重量更有过于莫言的诺贝尔文学奖。）

钱穆《中国近三百年学术史》曾引录吾粤名儒陈澧的一段话：“有士大夫之学，有博士之学。近人几无士大夫之学。士大夫之学，更要于博士之学，士大夫无学，则博士之学亦难自立矣。……昌黎《答侯继书》云：‘仆少好学问，百氏之书，未有闻而不求，求得而不观者也。然其所志，惟在其意义所归。至于礼乐之名数，阴阳土地星辰方药之书，未尝一得其门户。’此即所谓略观大意，士大夫之学也。《汉书·艺文志》云：‘存其大体，玩经文而已。’此即所谓略观大意，不求甚解。”后来余英时在《曾国藩与“士大夫之学”》一文中又引申说：“用现代的话说，‘士大夫之学’相当于通识，‘博士之学’则相当于专家。”由此观之，罗韬的学识文章，正可谓“略观大意”，正可谓“士大夫之学”。

事实上，罗韬不仅于艺文、历史及政治皆“略观大意”，更能古文，能诗，能书法，甚至能画；而又精于鉴赏批评，于古物、美食甚至医事，都能识其大凡。出入文史，不离经济，实有传统士大夫的作风，唯不遇其时耳。那么，以“士大夫之学”指称其人其文，是最贴切不过了。

当然，自现代以来，时势迁变，“博士之学”久已占据主流，迄于今日，“士大夫之学”已不复居庙堂之高，而只能处江湖之远了。

过去国人评价学问文章，习惯说是否“可传”，得“可传”两字，就是最高的评价了。盖古人传播工具简陋，笔墨易朽，文献易佚，非有百千万人传观讽诵不绝，则不足以传。而方今之世，技术跃进，纸墨金石之外，打印、复印、U盘、网络……文章化身千亿，传于后世，不过等闲事耳。故“可传”与否，已不在载体的保藏，而在后人的传阅。论文章著作的声光，如今庙堂与江湖之间，自然有显隐的差别，但他日孰显孰隐，是“博士之学”可传，还是“士大夫之学”可传，恐未易言也。

近得简又文《白沙子研究》一书，略检其序言目录，其中陈荣捷序有几句话：“白沙子之学，基于简易之功与自得之乐。不为功夫节目所拘，直叩本体，亦与惠能禅师直指本性与中山先生知难行易之单刀直入本色相同。故能撇尽唐宋以来之支离芜蔓，意必固我，而立其简易，致其自然。”这也让我想到了罗韬——

罗韬原籍广东新会，正是陈献章陈白沙的乡后辈啊。当然，罗韬并不治哲学，更异于今日之崇儒学者，但他为文以少胜多，在风格上，不也近乎陈白沙的“简易之功”吗？这样的话，作为新会后学，罗韬是远于近世的陈援庵，反倒近于前代的陈白沙了。

后　记

《欲采蘋花》这个书名，语出柳宗元的诗“春风无限潇湘意，欲采蘋花不自由”，看起来挺古典，挺文艺，其实不尽然。

这本集子里的文章，性质驳杂，跟我的第一本随笔集《最是文人》最接近，其实可以视为《最是文人二编》。《最是文人》之名，出自陈寅恪诗“自由共道文人笔，最是文人不自由”，现在这个新书名，用意仍一以贯之。

辑一可算作随笔、评论，辑二属于时评，辑三属于书评或读书札记，并附上几篇有关师友的文字。总的说来，文章的性质不一，时间跨度也较大，在体裁和风格上颇不整齐；不过，有若干我个人很重视的文章，自觉其价值并不亚于我的任何一篇学术性写作，其写法虽不甚“学术”，但更有“思想”上的分量。其中有的但求辞达，意味或嫌粗浅，有的攻其一点，立论不无偏颇，但考虑到话题的重要性，具体议论也仍有可取之处，亦仍收录。文章往往为时而著，为事而作，颇有“最近”“近时”之类表示时态的用语，改不胜改，亦多仍其旧。

这些文章，大体是《最是文人》出版之后所写的，有不少写作时间偏早，现在结集出书，看似有些迟了，但我又觉得恰是时候——就像我们的双胞胎儿子。

这大半年里，小朋友的成长，全赖太太和她嫂子、堂嫂的劳心劳力，还有我父母的帮助，尤其是太太，作了最大限度的付出。而我，只是帮到一点小忙。人世多忧，而此生何幸，这是我非常感念的。

文章基本在报刊上发表过，按篇数计，以《南方都市报》最多，占了大约半数，其他还有《南方周末》《羊城晚报》《南风窗》《随笔》等，感谢负责的诸位编辑，兹不一一具名。

最后，当然要多谢志一君接受了这部书稿，并费心处理。

2014年春于广州洛城